中国
民间故事

麦坚

著

江苏凤凰文艺出版社
JIANGSU PHOENIX LITERATURE AND
ART PUBLISHING

图书在版编目（CIP）数据

中国民间故事 / 麦坚著. -- 南京：江苏凤凰文艺
出版社，2021. 8（2025. 7 重印）
　　ISBN 978-7-5594-5104-0

　　Ⅰ.①中… Ⅱ.①麦… Ⅲ.①民间故事 – 作品集 – 中
国 Ⅳ.① I277. 3

中国版本图书馆 CIP 数据核字（2020）第 156877 号

中国民间故事

麦坚 著

责任编辑	耿少萍
选题策划	麦书房文化
封面设计	80圈·小贾
责任印制	杨 丹
出版发行	江苏凤凰文艺出版社
	南京市中央路 165 号，邮编：210009
网　　址	http://www.jswenyi.com
印　　刷	河北尚唐印刷包装有限公司
开　　本	880 毫米 × 1230 毫米　1/32
印　　张	5.5
字　　数	104 千字
版　　次	2021 年 8 月第 1 版
印　　次	2025 年 7 月第 5 次印刷
书　　号	ISBN 978-7-5594-5104-0
定　　价	32.00 元

江苏凤凰文艺版图书凡印刷、装订错误，可向出版社调换，联系电话 025-83280257

目 录

田螺姑娘   I

金斧头、银斧头和铁斧头   8

宝莲灯   I4

哪吒闹海   26

七仙女与董永   37

八仙过海   47

彭祖的故事   55

白蛇的传说   60

梁山伯与祝英台   77

牛郎织女   9I

孟姜女哭长城   I02

木兰从军记   II2

孔子与采桑娘   I20

机智的徐文长   I24

聪慧的巧姑   131

鲁班学艺   142

聚宝盆   150

九色鹿   159

十二生肖的故事   163

田螺姑娘

晋朝的时候，在一个叫侯官县的地方，有一个可怜的孤儿，名叫谢端。在谢端很小的时候，他的父母就去世了，只剩下他一个人无依无靠，孤苦伶仃。要不是被好心的邻居收养，也许他早就饿死了。

时间一天天过去，谢端慢慢长大了。一直受邻居照顾的他，为人忠厚善良，爱帮助别人，也很能吃苦耐劳，周围的大人小孩都非常喜欢他。

在谢端十七八岁的时候，他觉得自己已经长大成人，不能再继续给邻居添麻烦了，就动手在一处山坡上搭了一间小屋，开始一个人生活。

眼看着谢端已经长成一个大小伙子，邻居们便希望他能早日成家，娶妻生子。可是穷苦的谢端除了那间简陋的小屋，便什么都没有了，又有哪个姑娘愿意嫁给他呢？邻居们给他说了好几次媒，最后都以失败告终。谢端是个乐观的人，并没有把这些放在心上，仍旧每天积极地辛勤劳作，一大早便出门干活，天黑的时候才回家。

这一天，谢端像往常一样在田地里干活。弯下腰的时候，他在旁边的水洼里发现了一个圆滚滚的东西。仔细一看，原来是一只大田螺，足足有一个碗那么大。他觉得很惊奇，就把它捡起来带回了家。

回到家之后，谢端把那只大田螺取出来，清洗干净上面的泥土，决定把它养起来。放到哪里好呢？他在屋子里转了一圈，最后找到了一个好地方——水缸。从此以后，这只大田螺便在水缸里安顿下来，谢端每天精心照料着它。

几天之后的一个傍晚，谢端干完活，像往常一样向自己的小屋走去。他又累又饿，多么希望能马上吃到一口热饭啊！可他也知道，这是不可能的，他现在独自一人生活，什么都要靠自己，不管身体有多累，回去之后还是要自己做饭才有吃的。

然而，出乎他意料的是，当他打开房门的时候，一股饭菜的香味扑面而来，仔细一看，灶台上居然摆着做好的米饭和菜肴，热腾腾，香喷喷，诱人极了。谢端不敢相信自己的眼睛，使劲揉了揉，眼前的景象千真万确。再看看屋里的摆设，也的的确确是自己的小屋。这究竟是怎么回事呢？

思来想去，他觉得可能是哪个好心的邻居做的，应该是人家看他干活太累，没人照顾，才想着帮他做上一顿饭。既然这样，还是先把饭菜吃了吧。早就饿得肚子咕咕叫的谢端，便端起饭碗狼吞虎咽地吃了起来——哎呀，这饭菜实在太好吃啦！把饭菜一扫而光之后，谢端觉得浑身的疲劳也消失了大半。

第二天，当谢端干完活回到家里的时候，又看到了摆在灶台上的饭菜。随后的第三天、第四天、第五天，每天都是如此。谢端觉得很过意不去，就挨个去邻居家询问，想向人家当面道谢。可是他把邻居们都问了个遍，没有一家承认饭菜是他们做的。谢端觉得很奇怪，这到底是怎么回事呢？他暗下决心，一定要把这件事弄清楚。

隔天一早，谢端像往常一样出门干活，但是下午的时候，他把回家的时间提前了半个时辰，希望能撞见那个为自己偷偷做饭的好心人。

果然，刚到山坡下，便远远看见自家屋顶的烟囱正在冒着袅袅炊烟，看来那个好心人正在做饭呢！谢端赶紧加快脚步，想去看看那个人到底是谁。然而，当他推开房门的时候，屋子里居然一个人也没有。灶台上的饭菜已经做好了，只是锅里已经煮好的汤还没来得及盛出来，灶台里的火也没有熄灭。这样的情形说明，那个做饭的人刚才还在，可他究竟去哪儿了呢？自己明明一直盯着房门，并没有见什么人出来呀！谢端心里更加疑惑了。

之后的一天，谢端起了个大早，鸡刚叫他就出门了。他这

么早出门，就是为了早点干完活回家，一定要看看究竟是谁在给自己做饭。

这一次，谢端回家的时间比往常提前了一个时辰。来到山坡下的时候，屋顶的炊烟还没升起。他躲到篱笆墙后面，悄悄靠近屋子，藏到窗户下面，一动不动地观察屋子里的动静。

不一会儿，他看到厨房里水缸的盖子打开了，从里面走出来一位美丽的姑娘。只见她动作娴熟地来到灶台边，一边生火做饭，一边唱起了动听的歌谣。没过多久，一桌香喷喷的饭菜便做好了。姑娘抬头看看窗外，吓得谢端赶紧低头。大概是觉得天色还早，姑娘又打扫起屋子。

谢端看姑娘正在里面忙碌，便悄悄走了进去。他来到水缸前，发现里面的那只大田螺只剩下一个空壳。他惊奇地拿起空壳，看了又看，觉得不可思议——难道这个姑娘是田螺变的吗？想到这里，谢端来到姑娘面前，深施一礼问道："请问这位姑娘，你是谁呀？你从什么地方来？为什么要帮我烧火做饭？"

姑娘被吓了一跳，她完全没想到谢端会在这个时候回来。一听他还要盘问自己的来历，更不知该如何是好。情急之下，她想回到水缸里去，可是过去一看，田螺的空壳已经被谢端拿走了。最后，在谢端的一再追问下，她终于道出了实情。

原来，这位姑娘是一个田螺精，她看到谢端心地善良、勤劳能干，但孤苦伶仃，没人照顾，很同情他，就想着过来帮帮他，给他烧火做饭、料理一下家务。

谢端听完田螺姑娘的讲述，非常感动，觉得她又美丽又善良，不由得对她心生爱意。于是，当他听到田螺姑娘说要离开的时候，连忙挽留道："你……你能不能不走，我……我舍不得你……"

　　田螺姑娘听了，脸一下子羞红了，她轻声说："你不怕我吗？我是个妖精，你不嫌弃我吗？"

　　谢端摇了摇头，真诚地说："我不怕。你这么善良，还照顾我，我喜欢你都来不及，怎么会嫌弃你呢？你就留下来吧！"

　　就这样，田螺姑娘留了下来。不久之后，她和谢端便结了婚。结婚之后，勤劳的田螺姑娘继续每天烧火做饭，闲下来的时候就纺线织布，贴补家用。小两口勤勤恳恳，日子过得一天比一天好。村里的人看着也很高兴，大家都夸谢端娶了一个好妻子。

　　然而，就在这个时候，有一个人看不下去了，他便是蚂蟥精。这个蚂蟥精，很早就看上了田螺姑娘，想要跟她结婚，可惜田螺姑娘一点也不喜欢他。如今，当他得知田螺姑娘居然嫁给了一个穷小子，顿时气得火冒三丈，发誓一定要把田螺姑娘抢回来。

　　蚂蟥精先是变成一个算命先生，来到谢端家，从善良又老实的谢端手中骗走了田螺壳。要知道，田螺姑娘是离不开田螺壳的。她回家之后，发现田螺壳被蚂蟥精拿走了，只得去找蚂蟥精讨要，蚂蟥精便趁机把她抓住关了起来，然后逼着她跟自己成亲。

傻傻的谢端这时候还什么都不知道呢。他发现田螺姑娘不见了，便四处寻找，可是一点线索都没有。一直过了好几天，他才在一位仙人的指点下，得知是蚂蟥精在捣鬼，当初的算命先生就是他变的。了解真相之后，他都快后悔死了。

在全村人的帮助下，他找到了蚂蟥精的窝。但是，不管他用水淹、火烤，还是烟熏，都没办法把蚂蟥精从窝里逼出来。就在他一筹莫展的时候，一个老人告诉他，可以用盐来驱赶蚂蟥精。于是，谢端赶紧请求大家，从家里取些盐过来试一试。

很快，村民们都把自己家里的盐带了过来，装了满满一大袋。谢端抱起袋子，把这些盐全都倒进了蚂蟥精的窝里。没过多久，便听见窝里传来一声声惨叫，还夹杂着挣扎扭动的声音。最后，蚂蟥精的窝塌陷了，只见一只巨大的蚂蟥出现在大家面前，大家吓得不由得倒退了好几步。

谢端一心想救自己的妻子，抬脚朝那只大蚂蟥狠狠地踢过去。结果发现，它早已经死了。于是大家一起围上来，开始挖蚂蟥精的窝。很快，谢端找到了泥土中的田螺壳，赶紧抱在怀里。他心爱的田螺姑娘，终于被救了出来。

从此以后，谢端和田螺姑娘幸福地相伴一生，再也没有分开。

金斧头、银斧头和铁斧头

很久很久以前，在泰山脚下住着一个小伙子和他的母亲。小伙子是一个樵夫，每天上山砍柴，母亲年纪大了，体弱多病，母子二人相依为命，全靠小伙子砍柴勉强度日。

这一天，小伙子像往常一样又来到山上。他先是小心翼翼地走过一座独木桥，来到河对岸的一处山坡，那里有一大片树林。由于要跨过那座危险的独木桥才能到达，平时去的人很少，这里便成了小伙子每天砍柴的理想之地。

小伙子挥舞着斧头，拼命地砍呀砍呀，足足砍了一大捆柴，这才停下来休息一下。此时的他，满头大汗，肚子也饿得咕咕直叫。于是，他把斧头插到腰间，坐到地上，拿出早上出门时母亲给他准备的干粮，狼吞虎咽地吃了起来。

吃完干粮，小伙子觉得有点口渴，便来到山坡下的河边去舀水喝。就在他弯下腰的时候，只听见扑通一声——坏了，他插在腰间的斧头掉进了河里！

这下可糟了，这把斧头可是他和母亲养家糊口的东西呀！河水这么深，水流这么急，他又不会水，斧头估计是捞不上来了。没有了斧头，砍不了柴，就卖不到钱，换不来米面，他和母亲也就没办法生活了。如果再去买一把新斧头，肯定要花上一笔钱，可他哪儿还有钱呢？仅有的钱都给母亲买药了。小伙子越想越难过，坐在河边放声大哭起来。

"小伙子，你为什么哭得这么伤心啊？"一个声音突然从背后传来。

小伙子回头一看，是个白胡子老爷爷，也不知是什么时候出现的。

小伙子擦了擦眼泪，把自己丢了斧头的事情告诉了老爷爷。老爷爷听完之后，微笑着拍了拍他的肩膀，说："孩子，不要着急，明天这个时候，你还来这里，我帮你把斧头捞上来，怎么样？"

小伙子一听，担心地问："河水那么深，又那么急，老人家您能行吗？"

老爷爷哈哈大笑道："别担心小伙子，我既然承诺你了，就一定有办法，你明天这个时候过来取你的斧头就好。"

小伙子见老爷爷这么有信心，这才放下心来，背起刚才砍的那捆柴，回家去了。

第二天，按照约定的时间，小伙子准时来到河边，发现那个白胡子老爷爷已经在那里等他了。

小伙子问老爷爷："老人家，您真的能帮我把斧头捞上来吗？"

老爷爷说："当然。来吧，我现在就帮你捞斧头。"

说着，老爷爷把手里的拐棍倒过来，插到河水里，往左搅三圈，又往右搅三圈，手中一沉，捞上来一把金光闪闪的斧头。老爷爷拿着金斧头问道："孩子，这把斧头是你的吗？"

小伙子摇摇头说："不是不是，这是一把金斧头，我的斧头不是这样的。"

老爷爷笑了笑，把金斧头放到一边，又把拐棍伸到了水里，往左搅三圈，又往右搅三圈，手中一沉，捞上来一把银光闪闪的斧头。老爷爷拿着银斧头问道："孩子，这把斧头是你的吗？"

小伙子又摇了摇头，说："不是不是，这是一把银斧头，我的斧头不是这样的。"

老爷爷点点头，把银斧头放到一边，第三次把拐棍伸到了水里，往左搅三圈，又往右搅三圈，手中一沉，这次捞上来一把黑不溜秋的铁斧头。

小伙子一看，不等老爷爷问，就兴奋地喊道："就是这把，这正是我的斧头！谢谢您，老人家！"

老爷爷说："你是一个诚实的好孩子，这三把斧头你都拿走吧。"

小伙子说:"金斧头和银斧头都不是我的,我怎么能拿呢!"

老爷爷笑着说:"这两把斧头是我送给你的,你带回家去吧。有了这三把斧头,以后你们娘儿俩的日子就好过了。记住,你回去之后,把金斧头和银斧头卖了,给你娘把病治好,再置办些家产,然后娶个媳妇好好过日子吧。"

说完,老爷爷化为一缕轻烟,消失不见了。

小伙子这才明白,自己是遇到神仙了,连忙朝着老爷爷离开的方向跪下来,磕了三个头。

俗话说,没有不透风的墙。很快,小伙子得到三把斧头的神奇经历在附近传开了。有一个贪心的财主听说了这件事,两只眼顿时冒出光来。他眼珠一转,一个坏点子便冒了出来。

财主找来一把破斧头,打扮成砍柴人的模样,也来到那条河边。他把斧头故意丢到河里,然后坐在河边放声大哭。

没过多久,那个白胡子老爷爷果然又出现了。他对财主问道:"年轻人,你为什么哭呢?"

财主装模作样地说:"我的斧头掉到河里了,没有斧头我就砍不了柴,砍不了柴就没办法卖钱买米买药,家里还有个年迈的老娘等着我养活呢⋯⋯唉,这可怎么办呀!"

老爷爷听完财主的哭诉,也像上次一样,让他明天来取斧头。财主一听,心里顿时乐开了花,心想这下要发财啦!

第二天,财主迫不及待地来到河边,那个老爷爷果然在那里等他。

老爷爷见他来了，就把拐棍往水里一伸，捞上来了一把斧头。财主一看，怎么回事，这不是金斧头呀，就是他丢的那把又破又旧的铁斧头。

老爷爷问："这是你的斧头吗？"

财主连忙摇摇头，说："不不，这不是我的斧头。"

老爷爷把斧头放到一边，又把拐棍伸到了水里，这次捞上来了一把银斧头。老爷爷问财主："这是你的斧头吗？"

财主心想，虽然银斧头也挺值钱的，但金斧头肯定更好，下一个应该就是金斧头了吧？于是，他又摇了摇头说："不，这把也不是我的。"

老爷爷叹了口气，又把拐棍伸到了水里，这一次，真的捞上来了一把金斧头。

财主一看，两眼顿时冒出光来，没等老爷爷问，就一把抢过金斧头，拔腿跑了。然而，当他跑到独木桥上时，由于高兴过了头，一不留神，扑通一声掉到了河里，连同他手里的金斧头，都被河水吞没了。

而那个小伙子呢，他把三把斧头带回家之后，按照老爷爷的指点，卖掉了金斧头和银斧头，给母亲治好了病，修好了自家的房子，还娶了一个贤惠的妻子，从此一家人其乐融融，过上了幸福的日子。

宝莲灯

传说，每逢王母娘娘的寿诞，天庭就会大摆蟠桃会，各路神仙都来参加。这一年，玉皇大帝的外甥女三圣母和殿前的金童也去了。在寿宴期间，三圣母和金童互生好感，便说笑了几句。谁知这个举动被其他神仙看到了，大家开始议论纷纷。

后来，这件事又被添油加醋地传到了玉帝耳朵里，玉帝大发雷霆，认为他们身为神仙，竟然在大庭广众之下行为轻薄，有失体统，便一声令下，把三圣母贬到华山，从此只能待在华山峰顶的圣母殿，金童也被打下凡间，从此成了凡人。

三圣母从天庭去华山的时候，带去了一件神通广大的法宝——宝莲灯。据说，这宝莲灯是当年女娲娘娘补天用的五色神火化身而成的，有着无边的法力。不管是什么神仙妖魔，只要点亮这盏神灯，对方都会难以抵挡，只能落荒而逃。

自从三圣母来到华山，她凭借着宝莲灯的神力，为周边的百姓消解了无数的灾难。华山脚下的百姓不管遇到什么困难，都会去圣母殿求签问卜，寻求帮助。慢慢地，圣母殿的名气越来越大，不断有越来越远的人前来参拜祈福。

　　这一天，三圣母像往常一样待在圣母殿里，扭动身姿，轻声吟唱，打发着无聊的时光。这时，一个书生突然跨入庙门，直奔大殿而来。她连忙登上莲花宝座，化身成一尊塑像。书生一步步走近，当三圣母看清他的面容时，不禁惊呆了。

　　原来，这个书生不是别人，正是当初被打下凡间的金童。他下凡之后，托生在一个刘姓人家，取名刘彦昌。刘彦昌从小就天资聪明，到二十岁的时候，无论文采还是学识，都已经远远超出常人。眼看他学业已成，父母便让他进京赶考。路过华山时，刘彦昌听说山上的圣母殿十分灵验，就想着去求一个签，看看这次赶考的前程如何。就这样，转世为人的金童和当初的三圣母，在华山峰顶相遇了。

　　刘彦昌当然不记得前世的事情，可当他看到大殿里三圣母的塑像时，顿时被深深吸引住了，生出一种似曾相识的感觉。他望着这个美丽而端庄的女子，总感觉自己与她有一份难以言说的情分。刘彦昌按捺不住内心的激动，深情地在大殿的墙上题了一首诗：

　　　华山风景如仙境，人面桃花似相识。

寻她只在梦中见，敢问今生可有缘？

三圣母默默看着眼前的这个书生，内心深处同样百感交集：当初寿宴上的几句说笑，竟引得他被打下凡间，如今他已成为凡人，竟然还对自己念念不忘。他现在对我一往情深，而我对他又何尝不是呢？可是，我们一个是天上仙女，一个是下界凡人，又怎么能缔结姻缘呢？三圣母左思右想，只能强忍着内心的波动。

刘彦昌在墙上题完了诗，一步三回头地离开了圣母殿。三圣母挂念他，便带着宝莲灯悄悄跟在他身后。

山上不知什么时候起了大雾，一时间山路上浓雾弥漫，根本看不清方向。刘彦昌手脚并用，在陡峭的山路上艰难地行进。突然，一声大吼，从路旁冲过来一只猛虎，挡住了刘彦昌的去路。刘彦昌被吓得愣在那里，眼看猛虎就要朝他扑去，紧急关头，三圣母连忙点亮了宝莲灯，只见神光一闪，猛虎逃走了，浓雾也散开了。

刘彦昌看到搭救自己的不是别人，正是圣母殿上那位美丽的三圣母，不禁激动得两眼含泪，紧紧地抓住她的手，再也不愿松开。三圣母此刻也深受触动，决定不再管什么天条禁令，要与刘彦昌长相厮守。

于是，三圣母和刘彦昌结为了夫妻，两个人生活得非常甜蜜美满。随着时间的推移，刘彦昌的考期临近，他必须要动身进京了。

临别时，三圣母已经有了身孕，刘彦昌送给她一块祖传的沉香，并告诉她，等孩子出生之后，就以"沉香"为名。两人十里相送，依依惜别。

刘彦昌原本想着进京赶考之后就回来与三圣母相聚，但没想到他前脚刚刚离开，三圣母就遭遇了变故。

二郎神是三圣母的哥哥，得知妹妹违背天规私嫁凡人的事，气得火冒三丈，怒气冲冲地赶到圣母殿，要把三圣母带到天庭受罚。

三圣母在二郎神面前苦苦哀求，说自己已经有了身孕，请求哥哥放过自己。二郎神一听，反而更生气了，他怒吼道："好啊，你不仅私嫁凡人，居然还有了凡人的孩子！这可是触犯天条的大罪！既然犯了罪，我就要带你去受罚，别怪我翻脸无情！"

说着，二郎神举起三尖两刃枪，直向三圣母刺来。三圣母连忙拿出宝莲灯，将灯芯点亮。一瞬间，神灯发出万丈光芒，刺得二郎神根本没有还手之力。二郎神深知宝莲灯的厉害，只得气急败坏地离开了华山。

天上一日，地下一年。二郎神离开没多久，三圣母便生下了孩子。按照刘彦昌的嘱咐，孩子被叫作沉香。沉香长得十分可爱，三圣母打心里喜欢这个孩子，每天抱着他爱不释手。

再说天上的二郎神，自从被宝莲灯挫败，一直耿耿于怀，不肯善罢甘休。他知道，只要三圣母手中有宝莲灯，就没办法抓住她。于是，他命令身边的哮天犬，想办法把三圣母的宝莲灯偷来。

三圣母自从生下沉香，每天都忙于照料孩子。这一天，正当她安抚哭闹的沉香时，哮天犬瞅准机会，成功地把宝莲灯偷走了。

发现宝莲灯不见了之后，三圣母知道这一定是哥哥二郎神干的，他肯定很快就会来找自己算账，而现在没有了宝莲灯，她根本不是哥哥的对手，只能束手就擒。可是她和刘彦昌的孩子刚刚出生，如果也落到哥哥的手里，肯定没有好下场。于是，她赶紧叫来自己的丫鬟灵芝，让她带着沉香去找刘彦昌，并告诉他好好把孩子养大，千万不要再来圣母殿。

果然，灵芝抱着沉香刚走，二郎神便气势汹汹地冲了过来。兄妹二人没说两句话，便打斗到一起。没有了宝莲灯，三圣母很快就被二郎神捉住了。二郎神施法，将三圣母压在华山下的黑云洞中，让她永世不得出来。从此以后，可怜的三圣母便被禁锢在暗无天日的黑云洞中，思念着自己的丈夫和孩子，受尽了煎熬。

进京赶考的刘彦昌，一举金榜题名，被封为扬州巡抚。好不容易办完各种手续，才得以离京赴任。他原本计划好了，在赴任的路上，去华山接上妻儿，一起去扬州生活。想不到的是，他还没到华山，先碰到了丫鬟灵芝。灵芝将沉香交给刘彦昌，并转告了三圣母的嘱托。

刘彦昌抱着孩子，悲愤不已。妻子已经落难，可他是一介凡人，又能做什么呢？他有什么能力去跟二郎神对抗呢？加上三圣母已有嘱托，让他千万不要再去华山。于是，他只得含泪去了扬州，决心把孩子好好养大成人，再从长计议。

时光飞逝，转眼很多年过去了。在刘彦昌的精心抚养下，沉香一天天长大成人。从父亲那里，他知道了母亲当初的遭遇。当得知母亲还被压在华山下受苦受难时，他心如刀绞，握紧拳头对父亲说："我娘太可怜了，我一定要去救她！"

刘彦昌叹气道："我又何尝不想。可我们都是凡人，怎么打得过神通广大的二郎神呢？"

沉香咬着牙说："我不管他有多厉害！哪怕把那华山劈开，我也要去救我娘出来！"

不顾父亲的劝阻，沉香独自一人离开了家，向华山进发。他翻过一座座高山，跨过一条条大河，每当累得快支撑不住的时候，一想到正在受难的母亲，就又有了力量，咬着牙继续坚持。

最后，他历经千辛万苦，终于来到华山脚下。可是，华山这么大，母亲又在哪里呢？沉香把脖子仰得很高很高，还是望不到山顶，华山就像是一个巨大的怪兽，盘踞在他面前。

这个只有十岁的孩子，无助地蹲在地上，放声大哭起来。

"是谁哭得这么伤心呀？"一个声音从半空中传来。

沉香抬起头，看到对面山崖上有个老神仙，正缓缓向他飘来。这个老神仙叫霹雳大仙，他从这里路过，刚好听到了沉香的哭声。

沉香擦擦眼泪，把事情的缘由告诉了霹雳大仙。霹雳大仙听完，被沉香的一片孝心感动了。他对沉香说："你要想救自己的母亲，必须先学本领才行，只有本领高强了，才有可能救出你的母亲。"

沉香一听，当即跪在霹雳大仙面前，求他收自己为徒，要跟着他学本领。

霹雳大仙说："学本领可不是一朝一夕的事，要吃很多苦，你能坚持下来吗？"

"我能！"沉香毫不犹豫地说，"只要能救出我娘，吃再多的苦我都不怕！"

于是，霹雳大仙收下沉香，带他去了自己的住所，精心教导他。沉香既聪明又勤奋，每天天不亮就起床练功，半夜才上床睡觉。无论严寒酷暑、风霜雨雪，他从不偷懒。师父霹雳大仙教给他的法术，他都认真练习，熟练掌握。

转眼几年过去了，沉香已经学会了百般武艺，还有七十二般变化。年满十六岁那天，沉香向师父告别，要去华山救母。

霹雳大仙对沉香说："孩子，要想救你的母亲，你还需要两样东西。"

"什么东西？"沉香急切地问。

"一个是宝莲灯，一个是劈山的神斧。有了宝莲灯，你才能打败二郎神；有了劈山神斧，你才能救出你母亲。"

"宝莲灯在什么地方？神斧又在哪里呢？"

"宝莲灯原本是你母亲的宝物，后来被二郎神偷走，藏在他的真君庙里；神斧则在昆仑山，藏在那里的寒冰洞里。这两样东西都不好获得，你需要动用自己的勇气和智慧。"

沉香谢过师父，便动身出发了。他先是来到二郎神的真君庙，想打探一下宝莲灯藏在何处。不料刚到庙门口，就碰到了二郎神。

虽然正是这二郎神害了自己的母亲，但他毕竟是自己的舅舅。想到这里，沉香便深施一礼，对二郎神说："我娘当年确实犯了错，但这么多年来，她也遭受不小的惩罚，舅舅，请你放过她吧。"

"你真是好大的胆子！"二郎神恶狠狠地说，"你娘犯下大错，你竟然还敢来找我？我不仅不会放了你娘，连你也不会放过！"说着，二郎神举起了他的三尖两刃枪。

"好，我可以堂堂正正地跟你拼个输赢，但是，你偷了我娘的宝莲灯算什么英雄？有本事把宝莲灯还给我！"

"想要宝莲灯是吗？它就在哮天犬那里，有本事你就去拿吧！"二郎神一边说，一边举枪便刺。沉香此刻早已是满腔怒火，只见他毫无惧色，迎着二郎神冲了过去，两个人很快打在一起。

他们从地上打到天上，又从天上打到地上，直杀得天摇地动，江海翻腾。沉香一会儿变成鱼，一会儿变成鸟，一会儿又变成野兽。二郎神见招拆招，不断地识破、化解，两个人斗智斗勇，打得难解难分。

这时候，天上的太白金星被惊动了，他派了四个仙子去查看究竟。四仙子在云端看了一会儿，都觉得二郎神欺人太甚，身为舅舅，竟这么凶残地对待一个孩子，实在是太过分了，于是在暗中助了沉香一臂之力。

二郎神眼看着自己逐渐占了上风，正心中得意之时，突然被四仙子的法力牢牢困住。沉香抓住机会，向哮天犬冲去，哮天犬哪里是沉香的对手，于是宝莲灯终于回到沉香手中。

有了宝莲灯，沉香如虎添翼。他打开神灯，直向二郎神冲去。二郎神一看宝莲灯已经被沉香夺走，不敢再恋战，找个机会溜了。

现在宝莲灯已经拿到了，二郎神便不敢轻易来犯，接下来还需要劈山神斧。沉香按照师父的指点，马不停蹄地向昆仑山赶去。

昆仑山在遥远的西方，是一座极高极大的山，山上终年覆盖着冰雪。藏着劈山神斧的寒冰洞，就在昆仑山的山顶上。对于普通人来说，别说山顶，爬到山腰可能就没命了。所以，哪怕很多人知道神斧藏在哪里，也没有办法爬上去。

沉香即便有着过人的本领，可想要爬上昆仑山也不是一件容易的事。但他一心想着救自己的母亲，凶狠的二郎神没吓到他，这小小的昆仑山又算什么呢？他双手流血了，还在继续往上爬；双腿冻伤了，还是不停地往上爬。就这样，一步步地，一寸寸地，他不停地朝着寒冰洞迈进。

也不知道经过了多少个日夜，沉香终于来到寒冰洞的洞口。此刻的他，浑身都已经被冻僵了。可他不知道的是，这寒冰洞里面有着世间罕见的寒气，比这昆仑山上的冰雪不知道要寒冷多少倍。

在沉香迈进洞口的一刹那，那逼人的寒气立即把他团团围住，他感到浑身的血液都要冻结了。就在这千钧一发的时刻，他怀里的宝莲灯突然发出强烈的光芒，那光芒犹如一道道暖流，逼退了洞里的寒气，也让沉香的身体恢复了温暖。于是，沉香走到寒冰洞里，顺利取走了神斧。

沉香高兴极了，他迫不及待地带着神斧赶到华山。此刻的他，已经不是六年前那个在山脚下无助痛哭的孩子了。他经受住了种种磨难和考验，终于可以解救自己的母亲了！

他使出浑身的力气，大声呼唤自己的母亲。黑云洞里的三圣母听到了沉香的呼唤，知道是儿子来救自己了，激动地大声答应道："儿呀，娘在这里！"

沉香听到母亲的声音，确定了母亲的位置，然后高高举起神斧，朝着那怪兽般的华山狠劈下去。顿时，只见天地之间闪过万道金光，一声巨响犹如天地惊雷，这巍峨的华山竟然被沉香劈开了一个大口子！

随着山体的崩裂，三圣母终于从黑云洞里走了出来。沉香扔下手中的神斧，跑过去与母亲紧紧拥抱在一起。经过整整十六年的煎熬，三圣母才得以重见天日。母子二人百感交集，喜极而泣。

沉香劈山救母的事迹感天动地，人间天上都对他的孝心交口称赞。后来，二郎神也认识到了自己的错误，向三圣母和沉香道了歉，玉帝也给沉香封了仙职。从此以后，沉香和自己的父母幸福地生活在一起，再也没有谁能分开他们。

哪吒闹海

传说托塔天王李靖在成仙之前，在一个叫陈塘关的地方做总兵。他的夫人先后给他生了两个儿子，大儿子叫金吒，二儿子叫木吒。后来，他的夫人又怀孕了，可是足足过了三年零六个月，这第三个孩子始终没有降生。李靖觉得非常奇怪，他指着夫人的肚子说："你都怀孕三年多了，孩子一直不生，依我看呀，这一定非妖即怪。"夫人也感到很忧心，不知如何是好。

一天夜里，李夫人做了个梦，梦见一个道人闯进她的房间，冲她高声喊道："夫人，快去接你的孩子吧！"随后道人便无端消失了。她一惊，醒了过来。她刚给身边的丈夫讲完这个怪梦，突然觉得肚子很疼，像是要生产的样子。李靖连忙安排人准备接生。

产婆和丫鬟们在屋内忙碌，李靖在屋外不停地踱步。正等得焦急的时候，两个丫鬟跑了出来，大叫道："不好了，老爷，夫人生下了一个妖精！"

李靖连忙进房，只见房内弥漫着一团红色的气体，还夹杂着一股奇异的香气。有一个西瓜大小的肉球，正在房间里滴溜溜乱转。难道这就是夫人生下的吗？李靖大惊失色，连忙抽出宝剑，朝着那肉球劈去，只听见噗的一声，肉球裂开了，从里面跳出一个小孩子来，圆圆的脸，浑身胖嘟嘟的，右手套着一个金镯，肚子上围着一块红绫，样子看着还挺招人喜欢。

这小孩子从肉球里一出来，就满地乱跑，李靖很是讶异，上前把孩子抱在怀里，发现这还真是个让人喜欢的孩子。他把孩子抱给夫人，夫人也非常喜爱。于是，全家上下刚才的担心害怕这才烟消云散。

第二天，有一位神仙登门来见李靖，自称是乾元山金光洞的太乙真人。他对李靖说："恭喜将军喜得贵子，能否将贵公子抱来让我看看？"

李靖本来就觉得这孩子生得怪异，连忙让人把孩子抱了出来。太乙真人接过孩子一看，笑道："你这个孩子呀，可是个不一般的人，他手上的镯子叫乾坤圈，肚子上的红绫是混天绫，都是神通广大的宝物。等他长大了，就做我的徒弟吧。"

李靖听后大喜，心里的一块石头也算落了地。他对太乙真人拜了又拜，说："多谢神仙指点，请给孩子取个名字吧。"

太乙真人说："既然你大公子叫金吒，二公子叫木吒，这第三位公子，就叫哪吒吧。"

李靖再次拜谢，希望太乙真人留下用膳，太乙真人却推说有事，起身告辞了。

一转眼，过了七年，哪吒七岁了。这一年夏天，陈塘关热得出奇，哪吒在家里待不下去，就请示母亲，想出去找个凉快点的地方玩。李夫人非常疼爱哪吒，自然就同意了，但她知道哪吒生性调皮，便让一个家丁陪着他去，让他不要贪玩，早点回家。

陈塘关所在的位置，就在入海口上，离东海非常近。哪吒心想，天这么热，去东海里洗个澡，一定很舒服。于是，他来到海边，跳到东海里，挥舞着他的混天绫，戏水玩耍，好不快活。

可他没有想到的是，这个混天绫可是了不得的宝物。他把混天绫在海水中一荡，整个东海都跟着翻滚动荡了起来。在这东海之中居住的是东海龙王。哪吒洗个澡，让东海龙王的水晶宫都晃动了起来。东海龙王不知道怎么回事，就派了一个夜叉去海面上看看究竟。

夜叉钻出水面一看，原来是一个娃娃在海里洗澡。他顿时破口大骂："哪里来的野孩子，竟然敢来东海捣乱！"说着，举起手中的大斧，不由分说地便朝哪吒砍去。

哪吒一看，从水里突然冒出一个怪物，蓝脸红毛，血盆大口，露着獠牙，骂骂咧咧的，一上来就举着斧子砍他，顿时被

28

吓了一跳。他先是侧身一躲，然后把套在右手上的乾坤圈举起来，朝着面前的夜叉砸去。

这乾坤圈也是个了不得的宝物，别看样子小巧，重量却比得上一座大山，小小的夜叉哪里经得住。只见乾坤圈金光一闪，刚刚碰到夜叉的脑袋，他就一命呜呼了。

哪吒嘀咕道："这个丑八怪个子挺大，怎么这么不经打，还把我的乾坤圈给弄脏了。"说着，把乾坤圈伸到水里洗了洗。这一洗不要紧，随着乾坤圈的晃动，整个东海都跟着翻腾起来，东海龙王的水晶宫差点儿塌了。

东海龙王在龙椅上都快坐不稳了，正念叨派出去的夜叉怎么还没回来时，几个虾兵惊慌失措地跑了进来，大声喊道："龙王……龙王……不好了！有个小孩子把夜叉打死了！"

东海龙王一听夜叉居然被一个孩子打死了，顿时气得火冒三丈。他让儿子三太子带上虾兵蟹将，去把哪吒捉来问罪。

三太子冲出水面，拦住哪吒问："你是何人？"

哪吒回答："我叫哪吒。"

三太子质问道："你为何打死我家的夜叉？"

哪吒说："刚才那个就是夜叉呀？我好端端地在这里洗澡，他为什么上来就用斧子砍我？我只不过用乾坤圈轻轻碰了他一下，结果他就死了。他那么大的个子，也太不经打了！"

三太子一听，怒道："好个猖狂无礼的娃娃，今天我必须好好教训你一下！"说着，举起手中的长枪，直向哪吒刺去。

哪吒先是躲了好几次，但三太子就是不肯罢手，手中的长枪招招致命，都是直奔哪吒的脑袋去的。哪吒一看，顿时急了，把手中的混天绫朝空中一扔。混天绫迎风铺展，像是千万道火焰，将三太子牢牢裹住，动弹不得。哪吒上前一脚把三太子踏在脚下，举起乾坤圈一打，把三太子也打死了。周围的虾兵蟹将一看，一个个吓得全都逃到海里去了。

三太子死后，现出了原形，是一条小龙。哪吒一看，心中想道："刚好父亲还少一根腰带，我把这小龙的龙筋抽出来，给他做一条腰带，不是挺好吗？"于是，他把这小龙的龙筋一根根都抽了出来，带着回家去了。

再说那些逃跑的虾兵蟹将，回到龙宫之后，自然向东海龙王哭诉："有个叫哪吒的娃娃，不仅打死了三太子，还把他的筋都给抽了，实在是太惨了！"龙王一听，勃然大怒，恨不得马上就去为儿子报仇。

龙王打听到哪吒的住处，便化身成一个读书人的样子，去找李靖。表明自己的身份之后，龙王怒气冲冲地对李靖说："李靖，你真是养了个好儿子！他打死了我家夜叉，又打死了我的三太子，还把他的龙筋都给抽了！"

李靖一听，疑惑地说："兄长，你不会搞错了吧？我是有三个儿子，大儿子金吒在九龙山学艺，二儿子木吒在九宫山学艺，小儿子哪吒倒是在家，但只有七岁，怎么可能杀人呢？"

龙王冷笑道："就是这个哪吒，就是他干的好事！你若不信，就去把他找来，一问便知。"

李靖一听，便起身去找哪吒。他从前屋找到后屋，又从后屋找到花园，最后好不容易才在一间小屋子里找到哪吒。原来他正躲在这里搓龙筋呢，想偷偷把腰带做好送给父亲。

李靖问："你躲在这里偷偷摸摸的干什么？"

哪吒说："我今天打死一条小龙，抽了他的筋，正准备给您做条腰带呢。"

李靖大吃一惊，这才知道哪吒真的闯了大祸，只好带着他去见龙王，让哪吒当面向龙王赔罪。

哪吒见到龙王，施了个礼，说："龙王伯伯，我不是故意打死您家三太子的。是他先动手用枪刺我，我躲了他好几次，他还一个劲地打我，我没办法才还了手，这才不小心把他打死了。您看，这是他身上的龙筋，您要是觉得我不该拿，我还给您就是了。"

龙王一看见儿子的龙筋，更加伤心了，怒喝道："照你这么说，我儿子被你打死，你还有理了？这件事我绝不会善罢甘休！你等着，我要去天庭告你的状！"说完，龙王便腾云驾雾走了。

李靖见状，长叹一声，对哪吒说："你真是闯了大祸！这一劫，恐怕我们全家都躲不了了！"李夫人听了，也开始放声哭泣。

哪吒见父母二人都因为自己担惊受怕，便双膝跪下，说：

"爹、娘，今日之祸，都是因我而起，一人做事一人当，我绝不会因此连累家人。你们不是说，我有个师父叫太乙真人，在乾元山的金光洞，我这就去找他，让他帮我想想办法。"

哪吒辞别父母，前往乾元山，找到太乙真人，向师父说明了来意。太乙真人其实早就知道，这些年东海龙王横行霸道，要么发起洪水祸害一方，要么长期干旱一滴雨都不下，百姓们早就怨声载道，三太子能有今日劫难，也是咎由自取。于是，他决定帮一帮哪吒。他在哪吒胸前画了一道隐身符，让他赶快去南天门，拦住准备去找玉帝告状的东海龙王。

哪吒来到南天门，时间还早，还没到上朝的时间。他等了一会儿，才看到赶来上朝的东海龙王。他赶紧施展隐身术，龙王这下便看不到他了。然后，哪吒举起乾坤圈，一下子把龙王打倒在地。龙王虽然比夜叉和三太子抗打一些，但经过这一击，也一下子现了原形。

哪吒一把揪住龙王，说："明明是你儿子动手在先，你还非要来告我，看你还敢不敢告！"

龙王一听是哪吒，顿时气得七窍生烟，怒喝道："好你个哪吒，竟敢偷袭我！告诉你，我非告不可，你等着吧！"

哪吒听了，也火冒三丈，举手就要再打。这时，他突然想到有人说过，龙怕揭鳞，虎怕抽筋，便把手伸进龙王的衣服里，去揭他身上的鳞片。这一揭可了不得，直痛得龙王嗷嗷乱叫，直呼救命，他向哪吒连连告饶道："贤侄……贤侄饶命，我不告了，我不告状了还不行吗？"

哪吒这才松了手，对龙王说："那好，既然如此，你跟我一起回陈塘关，当面跟我父亲说清楚，也少让我父母担心。"

龙王无奈，只好答应。哪吒怕龙王半路使诈跑了，便让他化成一条小龙，只有蚯蚓那么小，然后把小龙藏到自己袖子里，带着回到了家。

此时的李靖和夫人还在家中唉声叹气，不知如何化解眼前的祸事。哪吒从外面快步走了进来，对父母说："爹、娘，你们不要担心了，龙王不会去告状了。"

李靖根本不信，怒声对哪吒说："你别胡说八道，龙王怎么可能会善罢甘休！"

哪吒说："我早就想到爹会不相信，所以我就把龙王也带来了，您直接问他吧。"

李靖一头雾水地问："龙王也来了？他在哪儿？"

"在我袖子里呢。"哪吒说着，把袖子一抖，一条小龙从里面掉了出来，小龙一落地，就变成了东海龙王。

龙王哪受过这种窝囊气，他一看自己终于被放了出来，顿时咬牙切齿地说："李靖、哪吒，你们给我等着，我一定会找你们算账！我要去把南海、西海、北海的龙王都请来，把你们这里淹成一片汪洋！"说完，就化成一阵风走了。

没过多久，东海龙王果真请来了南海、西海、北海的龙王，还带来了无数虾兵蟹将，将陈塘关团团包围。一时间，陈塘关上空乌云密布，狂风大作，犹如世界末日。

李靖不想殃及无辜百姓，连忙赶到阵前，想去找东海龙王周旋。东海龙王一看到李靖，不由分说，立即命令手下："快，把他给我绑起来！"虾兵蟹将一拥而上，把李靖捆了起来。

这时候，哪吒冲了过来，他对东海龙王说："一人做事一人当，打死夜叉的是我，打死三太子的也是我，把你打倒在地、揭你鳞片的也是我，跟我爹一点关系都没有！你快把我爹放了，有什么事冲我来！"

东海龙王冷笑一声，咬着牙说道："好啊，我可以放了你爹，但我想要你的性命，来为我儿子报仇！"

哪吒说："好！不就是想要我的命吗，我给你！"说着，他抽出宝剑，当众自杀了。

李靖见状，发出一声痛苦的哀号。李夫人看到了，直接晕了过去。

看到哪吒已经自尽，四海龙王也只好放了李靖，收了神通，各自回去了。

哪吒死了的消息传到太乙真人那里，只见他一点也不惊慌，让道童去荷花池中采来荷花、荷叶，又挖了几节嫩藕，把它们拼成一个人的样子，然后他大喊一声："哪吒，哪吒，还不快快起来！"

说来也怪，地上的那些荷花、荷叶、嫩藕动了起来，慢慢连到一起，最后化成了一个活生生的人——正是刚刚死去的哪吒！只见他一翻身从地上坐了起来，就像是睡了一觉刚刚醒来。

哪吒跪倒在地，拜谢师父的搭救。太乙真人又给了哪吒两样宝贝——一杆火尖枪，两只风火轮。火尖枪是斩妖除魔的神器，风火轮则可以让哪吒上天入地、能飞能战。哪吒有了这两样宝贝，变得更强了。后来，他大闹龙宫，活捉龙王，为自己报了仇，也为民除了害。

七仙女与董永

传说在汉朝的时候，在一个叫董家庄的地方，有一个出了名的大孝子，叫董永。

董永七岁时母亲就去世了，他一直跟父亲相依为命。随着父亲的年纪越来越大，身体也越来越差，最后一病不起，每天只能躺在床上。董永每天除了耕田种地，还跟隔壁家的大婶学习纺线织布，这样家里就能多一份收入。他一个人干几个人的活，赚到的钱全都给父亲买药治病了，可是父亲的病还是一直不见好。

十八岁那年，董永从别人那里听到一个药方，说是可以治好父亲的病。但是这个药方里有一味最关键的药草，要去华山上才能采到。华山非常险峻，一般人很难爬上去。董永一心想救父亲，哪里还管什么山高路远，当即便出发去华山了。

功夫不负有心人，董永历尽千辛万苦，冒着跌下悬崖的危险，终于在华山上采到了那一味药草。可是当他带着药草回到家中时，父亲已经去世了。董永跪在父亲的床前，号啕大哭。

　　人死不能复生，接下来要尽快给父亲料理后事才行。可是家里所有的钱都用来给父亲治病了，如今董永的手上连一文钱都没有，这该怎么办呢？有人给董永建议说，不如找一张草席，把你父亲卷一下草草埋了算了。董永一听，坚决不愿意。他觉得父亲活着的时候已经受尽了人间的苦，如今去世了，要是连一件像样的寿衣和棺材都没有，如何对得起父亲对自己的养育之恩呢？

　　他先是去寻亲求友，想借点钱给父亲办丧事。可是他跑了一天，两条腿都要跑断了，也没有借到一文钱。有钱的人家怕他还不上，不愿意借他；没钱的人家呢，自己家都顾不上，自然也没办法帮他。

　　晚上，董永直直地跪在父亲身旁，一动不动，不发一言。他已经哭不出来了，因为泪已经流干了。他也说不出话了，因为该说的好话白天都已经说尽了。现在，他实在不知道该怎么办了。

　　第二天，董永在自己身上插了根草标，跪在街边，打算卖身为奴，只求换一点钱能够埋葬父亲。

　　一个大小伙子，要把自己卖了来给父亲置办丧事，这件事很快便传开了。附近有一个姓傅的员外听说了此事，觉得董永很有孝心，就对他说："难得你有这份孝心，我就成全你吧。这些银两你拿回去，好好安葬你的父亲。"

董永当即对傅员外千恩万谢，说自己愿意遵守承诺，去做他家的奴仆。

傅员外说："我也不要你给我当一辈子奴仆，这样吧，你不是会织布吗？等你安葬完父亲，就来我家织布，只要你织出一百匹绢锦来，就可以赎身回家了。"

董永一听，满口答应下来。对他来说，只要能安葬好自己的父亲，什么条件都能接受，更何况傅员外的要求也并不是很高，织完一百匹布之后，他就可以重获自由了。

董永是一个信守承诺的人，料理完父亲的后事，就马上赶到傅员外家，开始马不停蹄地织起布来。为了早日完成任务，他每天天不亮就起来干活，晚上织到半夜才上床睡觉。

这一天，傅员外家门口来了一个要饭的女孩，她穿得破破烂烂的，头发披散着，脸上也全是灰土。女孩在门口苦苦哀求，想要讨口饭吃。傅员外家的家丁看见了，立即大声呵斥道："哪里来的要饭的，去去去，赶快滚远一点！"

董永织布的机房就在门口附近，他听见家丁的责骂声，便把头从窗口探出来，看见了要饭的女孩。穷苦人可怜穷苦人，董永便悄悄把那个女孩叫到窗前，把自己的饭给了她。那天晚上，董永只得自己饿肚子了。

此后一连好几天，那个女孩都来讨饭，董永都会提前把自

己的饭省下一半给她留着。时间长了，女孩便来到机房里，陪着董永一起织布。女孩告诉董永，她叫七姐，跟董永一样，也无父无母，一个人无依无靠。要不是董永帮忙，恐怕早就饿死在外面了。两个人同病相怜，有种相依为命的感觉。

有一次，董永累了，去休息了一会儿。等他回来的时候，发现织机上的布居然多了一大截，而且这截布织得又细又密，漂亮极了，比自己织得还好，一问才知道是七姐帮他织的。董永又惊又喜，心里对这个女孩多出了几分欣赏。随着时间的推移，董永发现七姐不仅心地善良，还心灵手巧，越看越漂亮。他知道，自己已经喜欢上了这个女孩，可是他又不好意思开口对她讲。

一日，两个人一起在窗前织布，双手不经意间碰到了一起。七姐的脸一下子红了，她低着头对董永问道："我一个人无依无靠，想跟董郎结为夫妻，成百年之好，董郎可愿意收留我？"

"我……我当然愿意。只是我一个穷小子，家徒四壁，你若跟了我，只怕会委屈了你。"这是董永的心里话。他虽然打心里喜欢这个女孩，可是又觉得自己太穷，会拖累了她。

七姐微微一笑，一边动手织布，一边轻轻吟唱道："手拿梭子织好锦，千条万线结成眷。万颗明珠我不要，只为董郎心眼好。"只见她笑靥如花，声音温婉动听，像是吟唱，又像是倾诉。

董永被她的话深深打动了，但他还是有点为难："你我都是苦命之人，现在既无父母之命，又无媒妁之言，如何结为夫妻呢？"

　　"董郎不必担心，我们可以请窗外的老槐树做媒，再请土地公主婚，你看怎么样？"

　　"你不是在开玩笑吧？"董永一头雾水地问，"老槐树怎么能做媒？还有那土地公，他怎么能给我们主婚呢？"

　　"你现在就可以去问问老槐树，你就这样问它：'老槐树啊老槐树，你愿意为七姐和董永做媒吗？'你连问三遍，如果老槐树都答应了你，你就再去问土地公。"

　　董永还是不敢相信，他将信将疑地来到老槐树前，张口问道："老槐树啊老槐树，你愿意为我和七姐做媒吗？"

　　没想到，老槐树果真开口说话了，只听见它用低沉的声音说："愿意，愿意！仙女配贤郎，美满世无双！"

　　董永按照七姐的嘱咐，一连问了三遍，老槐树也回答了三遍。

　　然后，董永又朝着地面，问土地公："土地公啊土地公，你愿意为我和七姐主婚吗？"

　　没想到，地下的土地公也开口回答道："愿意，愿意！仙女配贤郎，一对金凤凰！"

　　董永连问了三遍，土地公也回答了三遍。

　　董永觉得真是又惊又喜，心里说不出的高兴。当天晚上，他和七姐就在老槐树下结成了夫妻。

成亲之后，董永织布织得更勤快了。他一心想着尽快给傅员外织完一百匹布，完成当初的约定，这样自己就可以带着七姐回家好好过日子了。

七姐看董永没日没夜地忙碌，便问道："你为什么要日夜不停地为这傅员外织布呢？"

"我当初答应过他，要给他织完一百匹绢锦，才能重获自由。我想尽快织完，带你回家。"董永嘴上说着，手里还在不停地忙碌着。

"你这一百匹锦，我一夜就能织出来，你信吗？"七姐微笑着对董永说。

"不可能吧？"董永睁大了眼睛说，"这一百匹锦，我要干三年才能织完，你怎么可能一夜就织好呢？"

"万一我有办法呢？"七姐眨了眨眼睛说，"今晚你只管睡觉去吧，让我来试一试。"

董永一听，只当她是开玩笑，并没有当真。他把梭子交给七姐，然后叮嘱她道："你也别织得太晚，早点休息。我今天的确有点累了，先去睡一会儿，等睡醒了我再接着干。"

董永睡着之后，七姐悄悄取出一根香，在房间里点燃。这根香可不是一般的香，它的名字叫难香，是天庭的宝物。这个七姐呢，自然也不是一般人，她是天上的七仙女，是玉帝最小的女儿，在她上面还有六个姐姐。七仙女在天庭的时候就关注到了董永，看到他不顾艰险去华山采药，后来又在街边卖身葬父，被他的孝心和善良深深打动了。为了帮助他，她决定私自前往凡间，帮他织布，帮他渡过难关。不曾想，与董永接触之后，七仙女发觉自己爱上了这个小伙子，便不顾天庭禁律，与董永结成了夫妻。

这根难香，就是在她离开天庭的时候，六个姐姐送给她的。她们告诉自己的小妹妹，如果在人间遇到了难处，就点燃这根香，姐姐们闻到香味，就会来帮助她。

果然，点燃难香不久，天上便闪现了六个晶莹的星点，星点越来越低，越来越大，一落到地上，便变成了六个婀娜多姿的姑娘，她们就是七仙女的六个姐姐。在六个姐姐的帮助下，还没到天亮，一百匹精美绝伦的绢锦便织了出来。姐姐们叮嘱了七仙女几句，便赶在天亮之前离开了。

第二天一早，董永看到七姐果然织出了一百匹绢锦，而且每一匹都巧夺天工，简直不敢相信自己的眼睛。他连忙请来傅员外，傅员外也一下子惊呆了。最后，傅员外遵守当初的承诺，让董永回家去了。

小两口高高兴兴地离开了傅员外家，回到自己家中。由于长时间没回来住，原本就残破的房子显得更旧了。董永觉得有些愧疚，但七仙女毫不介意，一到家就张罗着收拾。这时候，董永拉住了她的手，郑重地盯着她的眼睛问："娘子，你老实告诉我，你到底是谁？为什么你能一夜织出一百匹绢锦？为什么你能让老槐树给我们做媒，让土地公给我们主婚？"

七仙女见瞒不过了，就对董永说出了实情，董永这才恍然大悟。随后，七仙女又悄悄告诉董永一个消息：她已经怀孕了，他们马上就要有自己的孩子了。董永一听，更是喜上加喜。

从此以后，夫妻俩相亲相爱，靠着纺纱织布过日子。他们织出的布，每一匹都精美绝伦，有着漂亮的花纹，就像天上的云彩。人们都很喜欢他们织的布，说他们是一对巧手凤凰。他们的日子也过得越来越好了。

然而，就在他们正沉浸在幸福生活的甜蜜之中时，天上的玉帝知道了小女儿私自下凡跟董永结婚的事情，不禁勃然大怒。他派天兵天将下到凡间，向七仙女传来圣旨，让她务必于午时三刻返回天庭，否则就会让董永粉身碎骨。

为了不让董永受到伤害，七仙女只得忍痛和他告别。她和董永一起来到那棵老槐树下，这棵树曾经见证了他们的爱情，现在他们要在这里分别。

午时三刻很快到了，七仙女和董永抱头痛哭。临别的时候，七仙女对董永说："来年碧桃花开日，槐树下面把子交。"说完，她便被凶狠的天神带走了。

董永哭喊着，疯狂地跟在后面奔跑，看着七仙女飞到天上，越飞越高，越飞越远，直到完全消失。他愤怒地质问老槐树："老槐树啊老槐树，你不是说'仙女配贤郎，美满世无双'吗？为什么老天现在又要把我们分开？老槐树，你说话呀！"

可是，任凭他在老槐树下喊一千声，叫一万遍，老槐树始终一言不发。

董永又跑到土地庙，跪在土地公的神像前哭诉道："土地公啊土地公，你不是说'仙女配贤郎，一对金凤凰'吗？为什么现在又要把我们活活拆散呢？你回答我呀，土地公！"

可是，任凭他又哭又喊，土地公同样沉默不语。

没有了七仙女，董永每一天都过得度日如年。他一直记得，在临别的时候，七仙女曾对他说过"来年碧桃花开日，槐树下面把子交"。他便每天都在老槐树下等待，希望能够等到七仙女出现，哪怕等到老槐树再跟他说一句话也好。

日子一天天过去，春天终于来了，桃花终于开了。董永像往常一样，在老槐树下痴痴地等待着。突然，金光一闪，他觉得怀中一沉，传来一声啼哭——一个婴孩出现在他的臂弯。

七仙女果然把他们的孩子送来了，可是她人呢？董永疯狂地寻找着，向天空张望着，可是什么都没有发现，只有一阵又一阵的风从老槐树上吹过，像是一个人低低的呜咽。

董永抱着孩子，呆呆地望着老槐树，突然，在老槐树的树干上，他看到一行娟秀的字迹正在缓缓显现——

"人间天上虽别离，天上人间一条心。"

董永看着这行字，眼泪慢慢地流了出来。他知道，这是七仙女写给他的——爱的誓言。

八仙过海

　　古时候，有八位神通广大的神仙，他们分别是：铁拐李、汉钟离、吕洞宾、曹国舅、蓝采和、韩湘子、何仙姑和张果老。这八位神仙个个法力无边，而且每个人都有自己的法宝。

　　这一年的三月初三，是王母娘娘的寿诞，她大摆蟠桃宴，邀请各路神仙前来参加。于是，八仙也齐聚瑶池，给王母娘娘祝寿。

　　吃了三千年一熟的蟠桃，喝了九千年才酿成的仙酒，八位神仙一个个美滋滋、醉醺醺，摇摇晃晃地走出南天门。刚从南天门出来，就看见一只仙鹤飞来，口中衔着一封信。

　　吕洞宾把信打开，原来是白云仙长写来的。白云仙长在信中说，最近春色大好，蓬莱仙岛的牡丹全都开放了，想邀请八仙过去一起赏花饮酒。

八位神仙看了信，都非常高兴。

吕洞宾说："既然白云仙长相邀，我们就尽快前往东海蓬莱吧！"说着，大家驾起祥云，直上九霄。谈笑之间，便来到了东海岸边。

此时的东海，风平浪静，碧波万顷，海面上闪着粼粼波光，犹如一块巨大的碧玉绵延到天边。

铁拐李竖起拇指，大声赞叹道："东海波澜壮阔、浩瀚无涯，真让人胸襟开阔、心旷神怡呀！"说着，把手中的铁拐往下一扔，"各位仙友，我们腾云驾雾，岂不辜负了这大好风景？何不一起浮舟泛海、共赏美景？"

被铁拐李抛下去的铁拐可不一般，它是一件法力无边的宝器。只见它一落到海面上，便马上发生变化，慢慢舒展开来，不一会儿，变成了一只黑铁小舟。铁拐李飞身立于小舟之上，乘风破浪而行，好不惬意。

一看铁拐李化铁拐为铁舟，汉钟离也紧随其后，把手中的扇子甩落到海面。这把扇子也是个非同寻常的宝物，一落到海面上便铺展开来，顷刻间变成一条又宽又大的芭蕉叶形状的船。树叶又薄又软，随着海水晃动，恰似一张轻软舒适的大床，汉钟离斜卧在上面，与铁拐李相互看了一眼，两个人哈哈大笑。

吕洞宾也不甘示弱，拔出自己的青龙宝剑，抛到海面上。只见那宝剑一碰到海水，便化成一条青龙，驮着吕洞宾踏浪而行，好不威武。

气定神闲的曹国舅微微一笑，弯腰轻轻放下两块檀香云阳板。只见这两块云阳板一落入水中，便马上合到一起，变化成一艘玲珑精致的檀香木小船，随着海浪波动，还能奏出悠扬的仙乐，散发出迷人的檀香。一时间，海面上仙乐飘飘，檀香四溢。

蓝采和抛出手中的花篮，高喊了一声"大"，花篮便应声变大，落到海面上，变成了一艘花篮船。花篮里的那些仙花也随着花篮的变大而蔓延开来，整艘船都被五颜六色的仙花包围起来，好一个花团锦簇的景象！蓝采和颇为得意地跳入花丛之中，一边乘船而行，一边放声高歌："踏歌蓝采和，世界能几何？红颜三春树，流年一掷梭。"

韩湘子把手中的玉箫投入大海，玉箫瞬间沉入海水中，不一会儿，只见海水翻腾，玉箫从水中浮出，变成了一只青色的竹筏。

再看何仙姑，她的法宝是手中的荷花，但她可舍不得把它踏到脚下。只见她弯下腰，把一片荷叶铺到海面上，然后念动仙语，荷叶徐徐舒展，变成了一只荷叶浮舟。何仙姑手持荷花，立于荷叶之上，长发随海风飘动，粉面被荷花映红，显得更加秀美迷人，引得其他七仙都忍不住转过头来欣赏。吕洞宾更是高声笑道："何仙子，你这是荷花临海面，千年难一见啊！"

何仙姑笑而不语，踏波而行。

现在，云端剩下的只有张果老了。只见他不慌不忙，从衣袖里掏出一个纸折的驴儿，对着它吹了口仙气，那驴儿便迎风生长，变得又高又大。张果老依旧倒骑在驴背上，驴儿欢叫着撒开四蹄，踏着浪花，向前奔去。

一时间，八仙过海，各显神通。八位神仙的宝物浮于东海之上，发出璀璨的光芒。这一道道仙光洞穿海水，直射向海底东海龙王的水晶宫，整个东海龙宫都跟着晃动起来。

此时，东海龙王正坐在大殿的宝座上，突然被这一道道仙光晃得睁不开眼睛，便对身边的花龙太子说："有人在我们东海海面上显摆法器，你去探看一下，究竟是何方神圣。"

花龙太子领命，带着巡海夜叉浮出海面，刚好出现在何仙姑正前方。他一见何仙姑人面荷花相映红，无论人间天上，都找不出比她更美的女子了，不由得神魂颠倒，心中暗想："这仙姑如此美貌，今日恰好在此相遇，岂不是天赐良缘？"

于是，花龙太子手一扬，掀起排天恶浪，海面上瞬间出现一道巨大的裂缝。花龙太子趁八仙不备，将何仙姑吸入裂缝之中，直奔东海深处而去。

其余七仙一看，顿时大吃一惊，这花龙太子实在太猖狂了，竟然在光天化日之下强抢仙女。他们在东海之上大声呼喊呵斥，可是东海波涛翻滚，没有任何回应。

"好你个东海龙宫，真是欺人太甚！"铁拐李大喝一声，打开自己的大葫芦，放到东海之中。

只见大葫芦咕嘟咕嘟冒着泡，东海的海水都被吸了进去。

不大一会儿，东海龙王的水晶宫便露了出来。

东海龙王一看，这还了得，连忙调集虾兵蟹将，决定与其大战一场。他先是派了十二只神龟，让它们去把那吞吸海水的葫芦抢来。十二只神龟围成一圈，朝铁拐李包抄过来。

吕洞宾见状，手持青龙宝剑，冲到神龟面前，挥剑一砍，神龟便变成了石头。他挥了十二剑，十二只神龟便变成了十二块石头。

东海龙王发现这几位神仙法力不容小觑，便一声令下，命十万虾兵蟹将蜂拥而上，直向七仙扑去。一时间，飞沙走石，天昏地暗，东海上空犹如世界末日。

汉钟离从容不迫地举起自己的芭蕉扇，用力一挥，扇出一股巨大的仙风。再看那原本铺天盖地的虾兵蟹将，全都被吹到九霄云外去了。

东海龙王见自己的兵将全都没了影儿，一声怒吼，亲自冲了过来。

张果老一看，拍了拍毛驴的屁股，毛驴的嘴张了张，喷出三道烈焰，扑向飞来的东海龙王。

东海龙王躲闪不及，颌下的龙须都被烧掉了。

东海龙王这下真被激怒了，他摇身一变，变成一条巨龙，像一座大山一样从海底一直盘旋到天上。刹那间，东海上空风云翻涌，惊雷阵阵，东海龙王张开巨口，迸射出一道道霹雳，直向七仙击去。

七仙深知东海龙王道行高深，连忙一起拿起各自的宝器抵挡。一时间，双方战成一团，打得天昏地暗，难解难分。

这时候，南海观音菩萨从瑶池归来路过东海，看到七仙和东海龙王激战正酣，便拦住了大家，询问究竟。

观音菩萨先问七仙道："你们不是要去蓬莱赏花吗？为何在这里打起来了？"

吕洞宾说："我们在此横舟渡海，东海的花龙太子突然冒出，抢走了何仙姑，我们这才找东海龙王理论。"

观音菩萨听完，便对东海龙王说："既然这样，那就是你这边不对在先了。龙王，依我看，还是先把何仙姑放了吧。"

东海龙王这时候才知道是花龙太子抢走了何仙姑，他原以为是八仙故意来东海寻衅滋事，才闹了这么大一个误会。他连忙命人寻来花龙太子，经过盘问，花龙太子如实承认，自己一时起意，抢了何仙姑。

东海龙王一听，顿时火冒三丈。他当众责罚了花龙太子，并让他立即还何仙姑自由。

何仙姑又回到了七仙身边。铁拐李看到何仙姑安然无恙，便打开自己的葫芦，把东海水倒了出来。不一会儿，东海又恢复了当初的碧波万顷。

"今日之事，是我失察在先，特向各位上仙赔个不是！"东海龙王惭愧道，"既然诸位要去蓬莱仙岛，那就让花龙太子将功补过，送诸位一程吧！"

说着，东海龙王念动咒语，将花龙太子变成了一艘漂亮的雕花龙船，然后请八仙上船。

"如此甚好，如此甚好！"八仙哈哈一笑，纵身飞到雕花龙船之上。然后，伴随着阵阵仙乐，欣赏着醉人美景，大家一路欢声笑语，向着蓬莱仙岛出发了。

彭祖的故事

在民间的传说中，彭祖是以长寿著称的，传说他总共活了八百多岁。一个普通人为何能活这么大岁数呢？这还要从他小时候开始讲起。

据说，彭祖刚出生的时候，脑袋小得像蒜槌，枣核脸，尖下巴，一副短命无福之相。在彭祖一周岁的时候，一个算命的道人看到他，对他的父亲说："你这个孩子天生短命，恐怕活不过二十岁。"

彭祖的父亲一听，顿时心急如焚，拉住道人问："可有破解之法？求仙人指点！"

道人无奈地叹了口气说："一切都要看这个孩子的造化，我也无能为力。"说完便飘然而去。

从此以后，彭祖的父母对彭祖百般呵护，生怕他有半点闪失。几年之后，父亲去世，彭祖便与母亲相依为命，靠着砍柴耕田度日。

转眼间，彭祖到了二十岁。母亲一想到当初那个道人的预言，便每日长吁短叹，为自己的孩子伤心。彭祖见母亲每日闷闷不乐，一再询问究竟，无奈之下，母亲便把事情的原委告诉了彭祖。

彭祖听完，也非常震惊，不敢相信年纪轻轻的自己，竟然就要不久于人世。他一个人坐在田边，发了半天呆，最后宽慰自己道："先别管我还能活多久，还是先把地里的活干完吧！如果能顺利收完今年的粮食，母亲今后也就不会饿肚子了。"

想到这里，他便吆喝着老牛，继续下地耕田。就在这个时候，不知从哪里过来一群人，说说笑笑地朝彭祖这边走来。彭祖看了他们一眼，一共有八个人，穿着打扮都挺怪异：有一个拄着拐杖，有一个吹着横笛，有一个倒骑着毛驴，还有一个女子手持着莲花……

八个人走过彭祖的身边时，彭祖连忙喊住老牛，让它停了下来。那八个人看到了，笑嘻嘻地问道："小伙子，你为什么让牛停下来呢？"

彭祖深施一礼道："我如果继续耕田，田里的泥水恐怕会弄脏你们的衣服，等你们过去了，我再干活也不迟。"

那八个人一听，都夸奖彭祖考虑周到，然后又继续说说笑笑地走了。

彭祖干完活，回到家中，母亲已经做好了饭菜。吃饭的时候，彭祖告诉母亲，今天耕田的时候，遇到了几个奇怪的人。当他把那八个人的模样给母亲描述之后，母亲又惊又喜，她对彭祖说："儿呀，你刚才说的不正是八仙吗？他们每一个的神通都大着呢！你下次再碰到他们，一定要请求他们救救你，这样你的命就能保住了！"

没过多久，彭祖在地里劳作的时候，果然又看到了那八个人，他们正有说有笑地从对面走来。彭祖连忙喊住老牛，扑通一声跪倒在八仙面前，连磕了三个响头，恳求道："各位仙人，求求你们救救我吧！"

八仙一看，这不是那天礼让的那个小伙子吗？连忙扶他起来，问道："小伙子，你怎么了？"

彭祖说："母亲告诉我，曾经有个道人预言我活不过二十岁，如今我已年满二十，恐怕命不久矣，可家中还有老母亲需要照料，我实在不忍心就这样离开人世呀！求求各位仙人救救我吧！"

八仙中的张果老端详了一下彭祖，说："还真是这样，这么好的一个小伙子，阎王爷居然只让他活到二十岁，实在是太可怜了。要不，我们把他的名字从生死簿上偷偷拿掉吧？"

其他几位神仙听了，纷纷表示赞同。这时候，手持荷花的何仙姑说："这个小伙子又懂事又孝顺，不如我们每人再送他一百年寿命吧！"

其他几位神仙也纷纷表示赞同。于是，八个神仙微微一笑，每人在彭祖的额头上点了一下，然后又有说有笑地离开了。

彭祖朝着八仙的背影跪倒拜谢，然后欢天喜地地拔腿就往家跑，想把这个好消息告诉母亲。就在他刚刚跑出田地时，身后突然传来轰隆一声巨响。回头一看，原来是山上的几块巨石不知为何突然滚了下来，正砸在他家的田地里。彭祖心想，真是好险！要不是自己刚刚跑开，今天肯定就没命了！

从此以后，彭祖的身体越来越强壮，越活越年轻。他娶了妻子，生了儿子，儿子又生了孙子，一代又一代的后人来了又去，但彭祖依然精神矍铄地活着。一直到八百多岁的时候，彭祖还是那么神采奕奕。此时，他的胡须已经长过了膝盖，仍然面色红润，闲来无事的时候，还经常去外面到处走走。

这一天，阎王爷悄悄来到人间，想了解一下人们是怎么看他的。结果他在无意中听到，很多人都在谈论一个叫彭祖的人，说人人都怕阎王爷，但彭祖不怕，彭祖活了八百多岁，阎王爷还不敢收他。

阎王爷一听，这还了得，人间居然有一个活了八百多岁的人。他立即返回地府，命令两个小鬼前去捉拿彭祖，让他们必须在三天之内将彭祖缉拿归阴。两个小鬼翻开生死簿，上面根本没有彭祖的名字，自然也无从得知彭祖的具体信息，该怎么找到他呢？两个小鬼犯难了。

这两个小鬼琢磨半天，想到了一个办法。他们化身成两个卖炭的人，蹲在河边一遍又一遍地洗着手里的木炭。

这时候，彭祖从河边路过，看见两人的举动，不禁好奇地问道："你们在洗什么呢？"

两个小鬼答道："我们在洗木炭，想把这黑木炭洗白。"

彭祖听完哈哈大笑道："真是奇怪！我彭祖活了八百多岁，还从没听说过黑木炭可以洗白呢！"

两个小鬼一听，不禁喜出望外，原来这个人就是彭祖，真是"踏破铁鞋无觅处，得来全不费工夫"呀！于是，他们飞奔上前，牢牢抓住彭祖，把他带到阎王爷那里去了。

活了八百多岁的彭祖，就这样离开了这个世界。

白蛇的传说

阳春三月，杭州西湖岸边桃红柳绿，游人络绎不绝，很多人都在湖边摆摊设点，卖一些当地的小吃和特产。这一天，天上的神仙吕洞宾闲来无事，也到西湖边凑热闹。他摇身一变，化身成一个白胡子老头，挑着一副担子，沿西湖卖起了汤圆。

吕洞宾来到断桥边，在一棵大柳树下放下担子，扯着嗓子叫卖道："吃汤圆喽，吃汤圆喽！大汤圆一文钱三个，小汤圆三文钱一个！"

周围人一听，都笑话他说反了，有好心人提醒他，应该把大汤圆和小汤圆的价格换一换才对。可是吕洞宾根本不听，依旧扯着嗓子喊道："大汤圆一文钱三个，小汤圆三文钱一个！快来吃汤圆喽！"

人们一听，既然大汤圆这么便宜，那就买吧。于是，你买一碗，我买一碗，不一会儿，大汤圆就全都卖光了。

这时候，有个五六十岁的老人，带着一个七八岁的小男孩走了过来。小男孩看见别人在吃汤圆，吵闹着也要吃。可是大汤圆都已经卖完了，老人无奈，只好掏出三文钱，买了一只小汤圆。

吕洞宾接过铜钱，先舀一碗滚水，然后舀一只小汤圆放到碗里，接着对着碗里吹了口气，那个小汤圆便绕着碗沿骨碌碌地转动起来。小男孩一看，高兴得直拍手，他接过碗捧在手里，张开嘴刚准备要吃，那汤圆就像长了腿似的，一下子钻进他的嘴里，然后滑到肚子里去了。

这小男孩吃完汤圆回去之后，一连三天三夜都吃不下东西，也感觉不到肚子饿，这可把家里人急坏了。那个老人带着他又来到断桥边，去大柳树底下找卖汤圆的吕洞宾。

吕洞宾知道他们要来，早已在桥头等候。他听完老人的讲述，哈哈大笑道："我这个小汤圆，可不是寻常之物，它可是太上老君八卦炉中的灵珠仙丹，你家这个孩子，看来注定要有一段仙缘呀！"

说完，吕洞宾把小男孩抱到腿上，背朝上，头朝下，在他背上一拍，口中说道："出来！"那只三天前吞下去的小汤圆，竟然原封不动地从小男孩口中滚了出来。小汤圆在断桥上滚来滚去，最后骨碌碌地掉到西湖里去了。

在断桥下面，有一条白蛇，她已经修炼了五百年，有了灵性。她常常在断桥下张望人间的繁华，心里十分羡慕和向往。这一天，她恰好从湖底钻出水面，看到那个小汤圆从桥上滚落下来，便张口接住，吞到了肚子里。这小小的汤圆，果真跟吕洞宾说的一样，是一枚灵珠仙丹，白蛇吃了之后，便一下子增加了五百年的修为。加上她自身原有的，现在一共有了千年的修为，这样就可以化作人形了。于是，她轻轻一转，变成了一个穿着纯白衣衫的姑娘，就像是刚刚出水的莲花。她给自己取了个名字，叫白娘子。

化成人形的白娘子，终于可以在人间自由行走，好好感受人间的烟火气息了。她很感激那个将汤圆吐出来的小男孩，要不是他，她想要化成人形，恐怕还要再修行五百年。

白娘子像个普通人一样，在人间生活了一段时间。这一天，她在西湖边闲逛，看到一个老渔翁，手里拎着一条刚刚捉到的小青蛇。小青蛇看到白娘子，开始拼命地摇头挣扎，眼睛里闪出了泪光。白娘子觉得它挺可怜，就买下了它。

白娘子别过老渔翁，独自一人带着小青蛇来到湖边，刚把它放到水里，湖上突然腾起一阵青烟，一个穿着一身青衣的小姑娘出现在她面前。小姑娘行了一个大礼，对白娘子说："多谢姐姐的救命之恩！我叫小青，本来在四川峨眉山修炼，因为向往人间，便来到了西湖，结果不小心被渔翁捉住。要不是姐姐今天出手相救，小青必死无疑了。今后，小青愿意给姐姐做一个丫鬟，伺候姐姐一辈子！"

白娘子说："妹妹快别这么说，我们是前生有缘，才有今生的相遇，从今往后，我们姐妹二人就相依为伴吧！"

从这一天开始，白娘子和小青便形影不离地相伴在一起。

一转眼，很多年过去了。这一天，正值清明时节，西湖岸边又是桃红柳绿，游人如织。喜欢热闹的白娘子和小青也走在如潮的人群中，欣赏西湖的春景。突然，狂风乍起，乌云密布，下起了倾盆大雨。白娘子和小青都没有带伞，她们又不便在人群中施展法术，只能任雨水淋到身上，眼看着衣服就要湿透了。

"两位姑娘，快遮一遮雨吧！"说话间，一把伞悄然遮到了她们头上。回头一看，是一个清秀的小伙子，正举着伞站在她们身后，悄悄为她们遮挡了风雨。

白娘子连忙微微躬身施礼道："多谢公子。"

小伙子有点腼腆地点点头，没有说话。

小青问："请问公子，你叫什么名字呀？"

小伙子说："我姓许，小时候在断桥边碰到过一个卖汤圆的老神仙，所以家里人就给我取名叫许仙。"

白娘子一听，顿时愣住了。看来，这真是有缘千里来相会呀！她一直心心念念的当初那个给她汤圆的男孩，今天竟然在这里遇到了。

许仙见白娘子一直盯着他出神，显得更不好意思了。他红着脸把手中的伞递给白娘子，说："这把伞就给两位姑娘用吧，

我家离得近，我跑回去就行了。"说着，就往雨中跑去。

"公子！"白娘子连忙叫住他问，"你家在哪里？我们好去府上归还雨伞。"

许仙用手一指不远处的一座宅院，对白娘子说："那便是我家。不过，只是一把伞而已，姑娘不用还了。"说完，便消失在了雨中。

第二天，白娘子和小青又来到西湖边，找到了许仙的家。经过了解才知道，许仙从小父母双亡，现在寄居在姐姐家，在一家药铺当伙计。此后，白娘子和小青经常来找许仙。白娘子见他忠厚老实、心地善良，加上之前对自己有恩，对他越来越有好感。许仙呢，从第一次见到白娘子开始，便对她一见钟情了，只是他比较内向羞于开口。最后，在小青的撮合之下，两个有情人终成眷属，结为夫妻。

许仙和白娘子成亲之后，便搬出了姐姐家自立门户。他们经过商量，决定带着小青一起搬到镇江。他们在那里开了一家药房，名字叫保和堂。白娘子负责看病开方，许仙负责抓药。夫妻俩恩恩爱爱，日子过得很甜蜜。

他们的药房开张没多久，镇江就爆发了瘟疫，很多人都染上了疾病。白娘子和许仙看那些得病的人太可怜了，就配了很多药方，比如辟瘟丹、驱疫散等，专门对付瘟疫。他们还在店门口竖了一块牌子，上面写着"贫病施药，不取分文"。消息传开之后，保和堂很快就出了名。每天都有很多人前来讨药、看病、致谢，都快把门槛踏破了。

按理说，白娘子和许仙开的这间保和堂，是给当地百姓做了一件大善事。但是没想到，不知不觉间，他们已经惹恼了一个人。这个人是谁呢？他就是金山寺的方丈——法海。

这个法海，原本是西天如来佛祖身边的一只乌龟，躲在佛祖莲座下面听了几年经，便学到了一些法术。后来，他趁佛祖不注意，偷走三样宝贝——袈裟、金钵和青龙禅杖，跑到了人间。

来到人间之后，他变成一个又黑又壮的和尚，还给自己取了个名字叫法海。这一天，他云游到镇江的金山寺，看到这里面朝波澜壮阔的长江，背靠气势雄伟的高山，是一个好地方，便在寺里住了下来。后来，他用妖法害死了原来的方丈，独霸了金山寺。

法海独霸金山寺后，根本没想过积德行善，而是每天都在琢磨如何从当地百姓那里骗取更多的香火。于是，他在镇江城里散布瘟疫，然后诱导人们到金山寺烧香许愿，这样他就可以骗取不少香火钱了。然而令他没想到的是，保和堂的出现打破了他的如意算盘。这家药房配制的辟瘟丹、驱疫散，专治他的瘟疫，而且还给穷人免费发放。法海听说之后，顿时气得火冒三丈，变成一个化缘的和尚，前往保和堂一探究竟。

法海来到保和堂门口，看见许仙和白娘子正在里面忙着配方抓药。他强忍着怒气，向街坊邻居打听，才知道保和堂的药方都是白娘子配的。他便仔细端详起白娘子来。这一端详不要紧，他震惊地发现，原来这个女子不是凡人，而是一个蛇精！

"好你个妖孽，竟敢坏我的好事，看我怎么收拾你！"法海一边在心中暗骂，一边琢磨对付白娘子的坏点子。

这一天，白娘子外出采药去了，许仙正在店里忙碌，法海走了进来。他盯着许仙，振振有词地说："阿弥陀佛，这位施主，贫僧见你脸上妖气很重，你家中必有妖怪！"

许仙一听，惊讶地说："你不要骗我，我家里好好的，只有我妻子和一个丫鬟，哪来的妖怪？"

法海说："贫僧是金山寺的方丈法海，怎么会骗你呢？实话告诉你，你的妻子就是妖怪。你若不信，等到端午节那天，让她喝下一杯雄黄酒，然后你就什么都明白了。"

法海离开之后，许仙对他的话一直将信将疑，可又不敢跟白娘子说，心里很不是滋味。

转眼到了五月初五端午节，按照当地的习俗，家家门上都要插菖蒲艾草，人人都要喝上一点雄黄酒，以求消灾辟邪。对于蛇精来说，雄黄酒是不能近身的，如果喝了雄黄酒，连原形都会显露出来。白娘子知道小青的修为比较浅，就让她先去深山躲避几天，以免受到雄黄酒的伤害。

许仙虽然一直对法海的话心存疑虑，但还是想试一试才安心。午饭时，他亲自烫了一壶雄黄酒，倒了一杯给白娘子。白娘子一接过酒杯，就闻到了强烈的雄黄的气味，立即头昏脑涨，说不出的难受。她对许仙说："我今天不想喝酒，就吃点粽子吧。"

许仙继续劝道："娘子，今天是端午节呀，人人都要喝雄黄酒的，你就喝上一口吧。"

白娘子怕自己再继续推辞会让许仙起疑，觉得自己毕竟有着千年的道行，喝上一小口应该问题不大，便强忍着不适喝了一口。哪曾想，这一口雄黄酒下肚之后，顿时觉得浑身瘫软，元神涣散，白娘子连忙对许仙说："相公，我有点头晕，先回房休息。你去店里忙吧，不要管我。"

许仙把白娘子扶到床上后，就去楼下店里忙去了。过了一会儿，他放心不下，便前去探看，结果连叫好几声都没有反应。他撩开床帐一看，只见一条水桶粗细的白蛇正盘在床上，浑身颤抖。许仙吓得大叫一声，当即昏死过去。

待雄黄酒的效力过去，白娘子恢复了人形。她从床上坐起来一看，许仙已经在地上昏死过去了。她知道，一定是他看到了自己的原形被吓死了。无尽的愧疚和悲伤涌上她的心头，她伏在许仙身上，悲痛欲绝地哭了起来。

这时候，小青回来了，她和白娘子一起把许仙抬到床上，商量接下来该怎么办。白娘子对小青说："相公的死都是因为我，我一定要救活他。都说昆仑山有一种仙草，凡人吃了它可以起死回生，我现在就去昆仑山，哪怕拼了性命也要把仙草取来。妹妹你在家好好照看许郎，如果我七天之内不回来，恐怕就是凶多吉少了。"

小青说："姐姐，你现在已经有了身孕，哪里还能去冒险，还是我去吧。"

"不行，你去了只会更危险，还是我去，你在家里等我。"说完，白娘子便腾云驾雾，直奔昆仑山而去。

昆仑山是西方的一座大山，山势险峻，山上长着各种奇花异草。在昆仑山的山顶上，的确长着可以让人起死回生的灵芝仙草，但它由不少凶禽猛兽看守，一般人根本无法接近。

白娘子来到昆仑山山顶，顺利找到了仙草。趁着看守的猛兽不备，悄悄采下一棵，衔在嘴里。就在她转身准备走的时候，突然传来一声大喝："站住，哪里来的盗贼！"

原来，不仅地上有看守，天上也有。说话的是一只白鹤，它正在天上目不转睛地盯着白娘子呢。经它一喊，地上看守的猛兽也发现了白娘子，呼啦一下将她团团围住。

这些凶禽猛兽的修为，每一个都不比白娘子低，更何况它们还是以多打少，白娘子心想自己这下是必死无疑了。眼看猛兽们就要冲过来，在这千钧一发之际，一个声音从云端传来："快住手！"

白娘子抬眼观瞧，原来是南极仙翁。他拦住那些凶狠的猛兽，让白娘子得以脱身。白娘子来到南极仙翁面前，躬身拜谢。南极仙翁说："你尘缘未了，才有此一劫。不要谢我，快快去吧。"

白娘子辞别南极仙翁，带着灵芝仙草，急匆匆赶回家中。她把灵芝仙草熬成药汁，一点点喂到许仙的口中。没过多久，许仙缓缓睁开了眼睛。

白娘子喜极而泣，连忙呼唤："相公……"

许仙一见白娘子，立即惊恐地大喊："你……你难道真是妖怪？"

白娘子连忙安慰道："相公，你那日看到的白蛇，已经被我和小青杀死了。你若不信，跟我来看。"

说着，白娘子带着许仙来到后院，指着井边说："相公你看，那日吓到你的就是它。"

许仙一看，那里的确躺着一条水桶粗细的白蛇，跟自己之前见到的一样。实际上，这条白蛇是白娘子幻化出来的。许仙虽然看到了那条大蛇的尸体，但还是心存疑虑，便决定去找法海，当面向他问清楚。

于是，许仙来到金山寺。法海一见到他，就把他拉到一间禅房里，对他说："施主，你脸上的妖气越来越重了啊！"

许仙说："我过来就是想问问你，你从哪里看出我娘子是妖怪的？我看她跟常人没什么两样啊。"

法海说："难道你忘了端午那天，你给她喝完雄黄酒之后她的样子了吗？那才是她的本来面目！"

"可是……"

"施主，贫僧敢断定，她就是个妖怪！你放心，我一定会亲手将她捉住，让她永远不能再出来害人！"

许仙一听法海要抓白娘子，连忙说道："法师，你为什么要把我娘子抓起来呢？就算她是妖怪，她也没有害人啊。现在她怀了我的孩子，我们只想好好过日子。我们夫妻之间的事情，你还是别管了吧。"

说完，许仙转身便想离开。可是法海哪里肯放他走，他把许仙抓住，关了起来，准备以此引诱白娘子上门。

果然，没过几天，白娘子和小青便找到了金山寺。法海一见到白娘子，便冷笑道："好你个大胆的蛇妖，竟然敢找上门来。你若识抬举，就赶快滚回你的洞府，别再危害人间，我可以考虑放你一条生路！"

白娘子说："这位长老，我虽然是蛇妖，但从来没做过危害人间的事情。我和许仙是结发夫妻，如今我已有孕在身，请您高抬贵手，放许仙回家吧！"

法海哪里肯听白娘子的恳求，指着她骂道："你这个妖孽，别不识好歹，再在这里纠缠，就别怪我不客气了！"

一旁的小青早就忍不住了，她怒目圆睁，指着法海回敬道："你这个和尚，放着好好的经书不念，专门拆散人家夫妻，算什么出家人？"

法海一听，顿时火冒三丈，举起手中的青龙禅杖，与小青打在了一起。白娘子一看，也跳过去加入了战斗。法海本身的修为并不是很高，但是他手中的青龙禅杖可不得了，是如来佛祖的宝物。白娘子和小青拼尽全力，也无法抵抗青龙禅杖的威力，眼看就要败下阵来。

情急之下，白娘子拔下头上的金钗，迎风一晃，变成一面令旗。小青接过令旗，对着长江水摇了三下。顿时，滔滔江水腾空而起，直向金山寺汹涌而来。

法海见大水就要漫过金山寺，连忙脱下身上的袈裟，扬手抛到空中。这袈裟也是如来佛祖的宝物，只见它闪着红光，越变越大，变成了一道长堤，把滔滔江水拦在寺外。大水涨高一尺，长堤也高一尺；大水涨高一丈，长堤也高一丈。任凭江水继续增加，就是漫不过去。白娘子看到法海手中的法宝都太过厉害，只得跟小青暂时退去。

保和堂是没法再回去了，她们商量之后，决定先躲回西湖，继续修炼，再寻找机会来救许仙。

被关在金山寺的许仙，每天都生不如死。他后悔自己不该轻信法海，更痛恨自己害了娘子。那一日，他在寺中听到白娘子和法海打斗，却无能为力，一点忙也帮不上。日子一天天过去，他完全没有白娘子的消息，每天都心急如焚。

这一天，法海不在寺内，趁着其他人不注意，许仙从金山寺逃了出来。他先是回到保和堂，没找到白娘子和小青。他知道法海一定也会找到这里，便不敢在镇江久留。他一路躲躲藏藏，最后又回到了杭州。

来到杭州，他便情不自禁地来到西湖。这里是他和白娘子相遇的地方，如今成了他的伤心之地。他来到断桥上，望着清澈的湖水，不知不觉已泪流满面。泪水一滴一滴地落到西湖之中，这整个西湖仿佛都随着他的哭泣伤心起来。

"娘子啊娘子，你究竟在哪里呢？"

许仙面朝西湖，绝望地呼唤。这一声声呼唤，顺着湖水越传越远，穿过了湖面，传到了湖底。正在湖底修炼的白娘子和小青，隐约听到了许仙的呼唤，连忙从湖底浮出。她们采来一片荷叶，将它化作一叶小舟，坐在上面，出现在许仙面前。

夫妻二人终于在断桥相会了。他们拥抱在一起，抱头痛哭。小青说："姐姐就快要生了，赶快找个落脚的地方吧！"

镇江是不能再回去了，许仙带着白娘子和小青，先去西湖边的姐姐家暂住。

许仙和白娘子在西湖相聚之后，倒也一直相安无事。元宵节那天，白娘子生下了一个男孩，许仙高兴极了，给孩子取名为许仕林。

到了办满月酒的那天，许仙姐姐和小青忙里忙外，准备宴请亲朋。白娘子在房间里梳洗打扮，准备去跟亲朋长辈见面。许仙见白娘子头上空空的，才知道当初跟法海打斗的时候，她的发饰丢在了金山寺。正在这时，门外恰好传来货郎的叫卖声："卖凤冠喽，卖好看的金凤冠喽！"

许仙心想："既然要见亲朋长辈，娘子还是端庄一些好，刚好趁着这个机会，我给娘子买一副凤冠吧。"于是，他走出门去，叫住货郎，让他把凤冠拿来一看。货郎拿出凤冠，果然金光闪闪，非常漂亮。许仙当即把它买了下来，送给了白娘子。

白娘子一看这金凤冠，也很是喜欢，就让许仙给自己戴上。哪曾想，这凤冠一戴到头上，就越箍越紧，越来越重，怎么取也取不下来了。白娘子只觉得头晕眼花，元神涣散，紧接着便晕倒在地上。

许仙被吓坏了，连忙冲到门外，要找那货郎理论。可是门外哪里还有货郎，只见一个又黑又壮的和尚站在那里，身披袈裟，手持一柄青龙禅杖。

"原来是你！"许仙愤恨地盯着法海。

法海见许仙心急火燎的样子，知道白娘子已经戴上凤冠，再也逃不出自己的掌心了。他得意地一笑，根本不管身边的许仙，径直冲了进去，朝白娘子头上吹了口气，那凤冠金光一闪，变成了金钵。金钵越变越大，发出万道金光，将白娘子牢牢罩住。白娘子苏醒过来，拼命挣扎，奈何根本挣不脱金钵的束缚。

小青看到法海，眼睛里仿佛要冒出火来，冲过去就要跟法海拼命。白娘子一看，连忙吃力地向小青喊道："小青快逃！你先去练好本领再来救我，不要逞一时之勇，快走！"

小青含泪离开了。法海把白娘子罩在金钵下面，又把金钵放到西湖边的雷峰塔下。他自己则在雷峰塔对面的净慈寺住了下来，每日看守着雷峰塔。

小青回到了峨眉山，在那里刻苦修炼，一心要救回姐姐。十八年之后，小青觉得自己修炼得差不多了，就动身前往杭州，去找法海报仇。

小青寻到净慈寺，跟法海大战起来。他们整整打了三天三夜，直打得天昏地暗，地动山摇，依然难解难分。法海见当初的那条小青蛇，如今居然这么厉害，便念动咒语，想把青龙禅杖和袈裟合到一起，去攻击小青。

就在这个时候，远在西天的如来佛祖轻弹手指，便有三道金光从西湖岸边升起，法海偷来的三样宝贝——袈裟、青龙禅杖，还有罩着白娘子的金钵，一瞬间全被如来佛祖收回了。

原来，法海盗取宝物离开西天不久，如来佛祖便知道了。他见法海一直危害人间，不思悔改，便趁着小青复仇的时机，将这三样宝物悉数收回。

没有了宝物的法海哪里还是小青的对手，他步步败退，从净慈寺一直退到了雷峰塔下。雷峰塔里的白娘子感觉到了金钵的消失，便大声呼唤小青。小青举剑朝雷峰塔挥去，只听见轰隆一声巨响，雷峰塔倒了下来。紧接着，一道白光从塔底迸射而出，被关在塔底十八年的白娘子，终于重获了自由。

已经被小青逼得节节败退的法海，看到如今白娘子也出来了，知道大势已去，便退到西湖边，一头扎进西湖，想趁机溜之大吉。

白娘子见法海躲进了西湖，便施展法术，吸干了西湖的水。

这下湖底的法海无处遁形了，只见他抱着自己的光头，在湖底到处乱爬，不知道躲到哪里才好。眼看白娘子和小青就要追过来了，他刚好看见前面有一只螃蟹，螃蟹的肚脐下面有一丝缝隙，便一头钻了进去。螃蟹受到惊吓，把肚脐一缩，法海就被关在里面了。据说，直到现在，人们吃螃蟹的时候，只要掀开蟹壳，还能看到那个缩成一团的光头法海呢。

白娘子和小青打败了法海，给自己报了仇，便去寻找许仙。此时的许仙，还在苦苦期盼着白娘子归来。最后，白娘子和小青找到了许仙，许仙身边站着他们已经长大成人的孩子。一家人就此团聚，过上了幸福美满的日子。

梁山伯与祝英台

东晋永和年间，浙江上虞有一个祝家庄，祝家庄上有一个祝员外。祝员外前后共生了八个儿子，他一直想要一个女儿，直到年近四十时，才终于生下一个千金。祝员外非常高兴，给小女儿取名英台，把她视作掌上明珠。

祝英台聪明伶俐，从小在家读书识字，跟随几个哥哥熟读诗书，琴棋书画哪一样都不差。一转眼，她十六岁了，出落成了亭亭玉立的姑娘。换作别的女孩，这个年纪已经开始谈婚论嫁了，可是祝英台根本没有心思考虑此事，从小就爱读书的她，一直都有一个愿望，那就是去书院读书。

在古代，女子讲究的是三从四德，大门不出，二门不迈，去书院读书一直是男子的事情，女孩想去读书求学是根本不可能的。与祝英台同龄的一些男孩，有很多都带着书童去杭州的书院求学去了，祝英台羡慕极了，她恳求父亲道："爹爹，我也想去书院读书，你就让我去吧！"

祝员外一听，生气地说："你胡说些什么？读书考取功名，那是男人的事，你是女子，女子无才便是德，你去凑什么热闹！再说，书院里都是男人，你一个女孩子家，跑过去像什么样子！你给我好好听着，以后就在家里好好学学女红（gōng），学学三从四德的道理，出去读书的事以后提也不要再提！"

看着父亲生气的样子，祝英台不敢多说什么了。她一个人站在阁楼上，看着花园里姹紫嫣红的花朵发呆。一对蝴蝶在花丛中翩跹飞舞，无忧无虑的样子让人羡慕。

"唉，多希望我也能变成一只蝴蝶，这样就能飞过这高高的院墙，去往外面的世界了。"

祝英台一边自言自语，一边琢磨着读书求学的事。眼看书院入学的时间就要过去了，如果再想不出好的办法让父亲同意，就来不及了。思来想去，一个主意突然浮现在她的脑海，她连忙喊来丫鬟，两个人开始忙活起来。

第二天一早，祝员外正在厅堂里喝茶，忽然看到一个英俊的公子带着一个书童走了进来。公子来到他面前，躬身向他施礼。祝员外一看，连忙起身答礼让座，然后问道："请问这位公子尊姓大名，来鄙府所为何事？"

那公子一听，突然咯咯笑了起来，只见"他"脱下外衣，散下头发，冲祝员外眨眨眼睛说："爹爹，连您的宝贝女儿都不

认识了呀？"

祝员外这才发现，原来这个公子就是自己的女儿英台。他不由得也笑了起来，责怪女儿调皮，竟戏耍起自己的父亲来了。

祝英台趁着父亲心情大好，摇着他的胳膊说："爹爹您看，刚才我女扮男装，连您都没有看出来，那别人更看不出来了。我想女扮男装去书院读书，这样总可以了吧？"

祝员外这才明白，原来这孩子刚才不是胡闹，而是为了她想读书的事情。他叹了口气，对女儿说："英台，你知道你要做的事情有多么离经叛道吗？古往今来，恐怕还没有哪一个女子像你这样！再说了，就算你伪装得再好，又岂能不露出丝毫马脚？你不担心，爹娘担心呀！依我看，你还是收收心思，将来嫁一个好人家才是正事。"

祝英台听完，眼泪都快下来了，她跪在父亲面前，苦苦哀求道："爹爹，女儿只是想去读书，有什么错吗？为什么男子可以去读书，女子就不可以？天下怎么会有这样的道理呢？"

祝员外一时语塞，不知如何回答女儿。他看着女儿坚决的样子，知道劝不住她，心头一软，又叹了口气，说："既然你执意要去，那我就暂且同意。但是有一条你要记住，一旦你女扮男装被人识破，就必须即刻回家，不许再胡闹！"

祝英台一听，高兴极了，她在父亲面前连连拜谢，然后便急匆匆地带着丫鬟收拾行装去了。祝员外看着她欢天喜地的样子，无奈地摇了摇头。

打点好行装之后，祝英台扎起长发，打扮成一个书生的样子；丫鬟呢，则像之前那样打扮成一个书童，挑着书箱和行李跟在后面。两个人就这样离开祝家庄，准备前往杭州的万松书院求学。

长这么大，第一次出门远行，祝英台非常兴奋，一路上看到什么都是新鲜的。她跟丫鬟有说有笑，朝着杭州的方向走去。

走着走着，天色突变，下起了大雨。祝英台看到路边刚好有一个亭子，便连忙跟丫鬟一起跑进去避雨。刚进亭子，便看到里面也有一个书生，旁边站着一个书童。那书童看到丫鬟和自己一样挑着担子很是辛苦，便连忙过去帮她卸下担子，拉着她的手说："这位小哥，一路辛苦了，快过来坐下歇歇！"

丫鬟被一个陌生人突然拉了手，本能地后退一步，脱口喊道："小姐……"

亭子里明明是四个大男人，哪里来的小姐呢？祝英台急中生智，连忙说："小姐不是在家里吗？你喊她做什么？"然后，她转过身对那位书生说，"这位兄台，让你见笑了，我家中有个妹妹，见我们出门求学，也想跟着一起前来，无奈多多顽固，死活不让女孩出来读书，这才硬把她留在家中。"

书生叹气道："世人不许女子求学读书，这实在太不公平。无论男子还是女子，都是父母生养，都应该读书明理，这才天经地义。"

祝英台听完这些话，不禁对眼前的书生刮目相看。她原以为天下男子都一个样，没想到竟然有人能为女子鸣不平。她对书生深施一礼，说："贤兄与我的见解可谓不谋而合。我叫祝英台，要去杭州万松书院读书，不知贤兄尊姓大名，要去往何处？"

书生起身还礼道："在下梁山伯，也是要去万松书院。"

祝英台一听，笑着说道："梁兄，我们今日走在同一条路上，遇到同一场雨，结果来到这同一个草亭，最后还要去同一个书院读书，还真是有缘分呀！"

"正是，正是！我也觉得与祝兄一见如故，真是有缘呀！"

两个人越聊越投机，彼此都觉得相见恨晚。最后，他们决定插草为香，结拜为异姓兄弟。

他们折下亭边的柳枝，插在地上当作香烛，然后跪在地上，相对着拜了八拜，又一起拜了天和地。梁山伯十七岁，祝英台便称他为"梁兄"，祝英台十六岁，梁山伯便称她为"祝弟"。两人约定，从今往后要像亲兄弟一般互助互爱。

雨停了，一道彩虹挂在空中。主仆四人有说有笑，结伴继续前行。几天之后，他们来到了万松书院。

万松书院建在万松岭上，因山上有上万棵松树而得名。万松岭下，有十里荷花。祝英台和梁山伯赶到书院时，正值荷花盛开，满院都是花香。

祝英台和梁山伯进入书院，拜见了老师。老师见他们二人气质儒雅、风华正茂，非常喜欢，便把他们安排在同一张课桌上学习，在同一个房间住宿。平日里，梁山伯对祝英台非常照顾，就像对待自己的亲弟弟一样，祝英台也处处为梁山伯着想，两个人情同手足。

祝英台担心梁山伯发现自己是女扮男装，每晚睡觉前，都会把两个书箱放在床位中间，书箱上面，还放上满满一碗水。她告诉梁山伯，自己睡觉时很怕别人惊扰，稍稍有一点动静，她就没办法入睡，所以希望他睡觉时不要乱动，如果书箱上的那碗水能一滴都不洒出来，她就能睡个好觉。梁山伯听到之后，十分体谅祝英台，晚上睡觉的时候，躺在床上从不乱动，以免惊扰到她。因此，两个人虽然长期共处一室，但梁山伯完全没有发现祝英台是个女孩子。

虽然梁山伯没有发现祝英台的秘密，但有一个人发现了，这个人便是他们的师娘。师娘聪明而又细心，不像梁山伯这些男孩子那么粗枝大叶。祝英台来到书院没有多久，师娘便发现她是女孩了。她把祝英台叫到面前，说破了真相，祝英台便向她道出了自己女扮男装的原委。心地善良的师娘对祝英台既同情又佩服，觉得她一个女孩子能够女扮男装出来求学，既不容易，又很有胆量，不但没有声张，反而处处掩护和关照祝英台。祝英台有了什么难处和心事，都会来找师娘倾诉。

寒来暑往，春去秋来，梁山伯和祝英台在万松书院度过了一段美好的同窗时光。万松书院夏日荷花飘香，冬天松柏常青，两个人在一起读书写字，谈诗论文，每天形影不离。祝英台伤风感冒，梁山伯便每日端茶送水，亲自煎药。梁山伯衣服破了，祝英台便一针一线，为他缝补完整。

不知不觉间，三年过去了。

这一天，祝英台收到一封家书，信中说，她的父亲病了，希望她能赶紧回去。祝英台离家已经三年，也很想念自己的家人，可她又不忍离开梁山伯。这一次离去，不知何时才能再与梁山伯相见。她悄悄找到师娘，含蓄地向她表达了自己的心意：她和梁山伯同窗三载，深知自己和他情投意合，希望能将自己托付给他。她把自己亲手做的香囊留给师娘，请她转交梁山伯，作为定情信物。

祝英台收拾好行李，踏上了回家的路。梁山伯满心不舍，送她走了一程又一程。一路上，祝英台多次隐晦地向梁山伯表明自己的心意，可是梁山伯太过忠厚老实，根本读不懂祝英台潜藏的深意。

他们离开书院之后，路过凤凰山，祝英台便对梁山伯说："凤凰山上凤求凰，梁兄你是凤来我是凰。"

梁山伯说："贤弟，夫妻之间才能说是凤配凰，咱们是兄弟，你这个比喻不恰当。"

再往前走，路过一片清澈的水塘，水面上游着两只鸳鸯，祝英台便对梁山伯说："水里鸳鸯成双对，梁兄你是鸳来我是鸯。"

梁山伯说："贤弟，夫妻之间才能说是鸳鸯，咱们是兄弟，你这个比喻也不恰当呀。"

继续往前走，走过一座独木桥，祝英台又对梁山伯说："你我走在木桥上，好比牛郎织女渡鹊桥。"

"唉，贤弟，"梁山伯说，"牛郎织女是夫妻，我是兄来你是弟，你这个比喻还是不恰当呀！"

"唉，梁兄，你真是一只呆头鹅！"祝英台无奈地摇头叹息。

送君千里，终有一别。梁山伯足足送出来十八里，他们来到一座长亭准备告别。祝英台见他始终不明白自己的心意，便开口问道："梁兄，你可曾婚配？有没有中意的姑娘？"

"我家境贫寒，至今不曾婚配。"梁山伯低着头说，"母亲倒是一直在为此事忧心。"

"那好，我来给梁兄做个媒如何？"祝英台说，"你也知道，我家有个妹妹，她的人品和相貌都和我一模一样，不知梁兄愿不愿意娶她为妻呢？"

梁山伯一听，非常高兴，连忙说："如果人品、相貌都和贤弟一样，那贤妹一定是个聪慧秀美的女子，山伯自然是求之不得。只不过，我家境贫寒，并非高贵门第，只怕是配不上贤妹。"

"梁兄不必担心，我家这个妹妹可不是嫌贫爱富之人，她一定会愿意嫁给你的。"说完这句话，祝英台的脸都羞红了。

临别之时，梁山伯和祝英台约好，今年七月初七，他就去祝家庄求亲。随后，两个人依依惜别，梁山伯一直望着祝英台的背影，直到完全看不见了，才失魂落魄地转身回去。

　　回到书院之后，师娘把梁山伯叫了过去。她拿出祝英台留下的香囊，交到梁山伯手中，然后对他说："山伯呀，英台临走之前，让我把这个香囊交给你，还让我给你们做媒。"

　　梁山伯高兴地说："多谢师娘。英台临别时已经对我说了，要把他的妹妹许配给我，让我七月初七去他们家求亲呢。"

　　师娘无奈地笑着说："山伯，你真是个书呆子呀！难道你就没看出来吗，英台其实是个女孩子呀！"

　　梁山伯恍然大悟，想起送别祝英台时，她又是说凤凰又是说鸳鸯的，这才明白她的心意："原来如此，原来如此啊！英台口中的妹妹，原来就是她自己！唉，我真是个傻瓜！"

　　师娘说："好了，既然你们已经互通了心意，你就赶快准备去祝家求亲吧，别耽误了你们的终身大事。"

　　于是，梁山伯谢过师娘，别过师友，动身回家，准备禀明母亲，然后去祝家求亲。

　　当祝英台回到祝家庄时，父亲的病已无大碍。原来，父亲在信中所说的生病，其实只是一个托词，主要是希望祝英台能够尽快回家，因为家里已经给她订了一门亲事，希望她回来后尽快成亲。

　　祝英台听父亲道出实情之后，犹如遭到了晴天霹雳，她问父亲道："爹爹，你……你把我许配给了何人？"

"是马太守的公子马文才，他们家是本地的达官显贵，女儿你嫁到马家，也算是找到一个好归处。"

"爹爹，"祝英台坚决地说，"你把这门亲事退了吧！"

"你说什么？"祝员外有点不敢相信自己的耳朵，"这么好的夫家，你居然不嫁？我原以为你去读了三年书，应该更明白事理了，怎么越读越糊涂了？"

"爹爹，"祝英台咬咬牙，对父亲说，"我有一个同窗，叫梁山伯，三年相处，我与他已情深似海，孩儿已请师娘做媒，与他订了终身，除了他，我不愿再嫁给任何人。"

"混账！"祝员外一听，十分生气，差点儿把桌子拍碎，他怒吼道，"你女扮男装外出读书已经是离经叛道，如今居然又做出这种大逆不道的事情！你外出求学，就是学了个私订终身吗？你把父母之命、媒妁之言都还放在眼里吗？早知如此，当初就不应该让你出门！"

祝英台跪在地上，苦苦哀求父亲。她知道父亲是真的动了怒，但事关自己的终身大事，事关自己和梁山伯一生的幸福，她不能退缩，也不能妥协。

祝员外说："你跪在地上也没有用，婚姻大事岂能让你一个人做主？你现在不是三年前那个不懂事的小姑娘了，为我们祝家，也为你自己的将来，要做稳妥的选择。从今天开始，你就乖乖待在家中准备出嫁，再不能踏出家门半步。"

母亲也劝祝英台道："女儿呀，别怪你爹狠心，这都是为了你好。你想想看，那马太守家大业大，你嫁过去有享不尽的荣华富贵，而那个梁山伯只是个穷书生，你嫁给他将来只会有吃不完的苦。父母是过来人，怎么可能把你往火坑里推呢？"

从此，祝英台便被关在家中，不允许再出门了。

转眼到了七月初七，梁山伯按照当初的约定，来向祝家求亲。然而，祝员外拦住了他，根本不让他进门。梁山伯说："我和英台是同窗好友，能否先让我进去与她见上一面？"

祝员外说："想必你也知道了，英台是我家女儿，不是男子，男女授受不亲，你们已不便再见！"

梁山伯说："我和英台同窗三载，分别后才知道她是女儿身，师娘已为我们做媒，我们也约好了今日前来贵府，向祝伯父求亲。"

祝员外冷冰冰地说："我已经将英台许配给马太守家的公子了，她马上就要出嫁了，梁公子还是回去另寻佳偶吧！"

梁山伯一听，如遭雷击。祝家的大门轰然一声关上了。他连退几步，抬眼张望祝家的楼台，远远看到阁楼之上的祝英台。只见祝英台换上了女子的衣裙，犹如天上的仙子，那么美，又那么远。两个人远远地对视着、凝望着，泪水像决堤的河流，模糊了双眼。

梁山伯回去之后，相思成疾，竟一病不起，身形日渐消瘦。没过多久，便死去了。临死时，他嘱咐家人，一定要把他埋葬在南山脚下，因为那里是祝家去往马家的必经之路，他想在祝英台出嫁的时候，能够再看她一眼。

祝英台得知梁山伯去世的消息，一句话也没说，一滴泪也没流。她径直走到堂前，跪在父母面前，连磕了三个头，说："爹，娘，我愿意嫁给马文才了，你们尽快筹备婚事吧。"

祝英台的父母又惊又喜，想是梁山伯不在了，祝英台死心了，于是连忙联系马家，两家人欢天喜地地筹备起婚礼来。

祝英台出嫁的日子很快到了。这天一大早，她便端坐在镜前，轻描黛眉，淡抹红唇，从未如此用心地打扮自己。她戴上精致的花冠，穿上鲜红的嫁衣，成了世界上最美的新娘。她对着镜中的自己微微一笑，转身走出闺房，向父母亲人告别。

祝家上下，看到祝英台的模样，都欣喜异常。他们送祝英台上了花轿，目送着花轿离开了祝家庄。

迎亲的队伍很长，唢呐班吹吹打打，一路来到南山脚下。花轿中的新娘突然大喊，让花轿停下。轿夫停下轿子，正不明所以的时候，只见一身嫁衣的新娘从花轿里跳了出来，向远处跑去。

所有人都惊呆了。等大家反应过来去追赶时，新娘已经跑很远了。

祝英台一直奔跑到梁山伯的墓前，赤着双脚，两只绣花鞋都已经跑掉了。她扑倒在梁山伯的坟前，放声痛哭。这哭声是那样伤心，又是那样绝望。刹那间，草木跟着呜咽，山川跟着哭泣，紧接着，雷鸣电闪，风雨大作。

追赶过来的人们远远地看着祝英台，都不敢靠近。

突然，天地间一声巨响，伴随着一道闪电般的光芒，梁山伯的坟墓居然裂开了一道缝隙。祝英台看着这道缝隙，含泪而笑，温柔地说："山伯，你看我今天的这一身嫁衣，好看吗？这是我为你精心打扮的。今天，我来嫁给你了。"

说完，祝英台纵身一跳，跳进了坟墓的缝隙。众人想去阻拦，可那裂开的坟墓随即又合上了。

风停了，雨住了，一道彩虹出现在天空，所有人都觉得这是他们这辈子见过的最美的、最完整的彩虹。

"看，是蝴蝶！"有人惊呼道。

从梁山伯的坟墓中飞出来两只美丽的蝴蝶，它们在雨后的阳光中翩跹飞舞，飞得那么轻盈、那么自由。无论飞到哪里，都形影不离，再也没有谁能把它们分开了。

牛郎织女

传说在很久以前，在一个小村子里，有个男孩的爹娘都去世了，他不得不跟着哥哥嫂子过日子。哥哥嫂子对他非常不好，每天只给他吃剩饭，给他穿最破的衣服，晚上睡觉也只让他去牛棚里，跟老牛睡在一起。牛棚里连张床都没有，他就每天睡在干草堆上。他白天放牛，晚上跟老牛睡在一起，时间长了，他和老牛之间产生了越来越深的感情。村子里的人见他每天都跟这头老牛形影不离，于是都叫他牛郎。

尽管牛郎自己每天吃不饱、穿不暖，但他把老牛照顾得非常周到。哥哥嫂子每天都对他爱答不理、百般刁难，只有这头老牛愿意陪着他，与他相依为命。所以，他想尽办法把老牛照看得好一点。

放牛的时候，他总是去青草最肥美的地方，哪怕多走一点路。牛渴了，他就带它去河流的上游，那里的河水干净而清澈。天热时，他就让老牛去树林里休息。天冷时，他就陪着老牛一起到山坡上晒太阳。到了冬天，外面没有鲜草了，他就把储备的干草拿出来，筛得一点土渣都没有，再拿给老牛吃。到了夏天，他手上一直拿着一把蒲扇，只要见到嗡嗡飞过来的牛虻，便马上把它们赶走。每一天，他都会把老牛洗得干干净净，把牛棚也收拾得清清爽爽。

平日里，牛郎有什么心事，就会说给老牛听。虽然老牛不会说话，但他说的话老牛似乎都能听懂。当他说到一些开心事的时候，老牛也会跟着眉开眼笑；当他说到一些伤心事的时候，老牛也会跟着眼睛湿漉漉的。就这样，一人一牛，相依为命。尽管日子过得很清苦，但有老牛的陪伴，牛郎便没有那么孤单了。

随着时间一天天过去，牛郎慢慢长大了，哥哥嫂子每天让他干的活也越来越多。挑水、推磨、砍柴、种地，所有的重活累活都交给他。平时给他吃的还是剩饭，穿的还是破衣服，让他睡的还是牛棚。即便这样，他们还是看他不顺眼，把他当成眼中钉、肉中刺，巴不得他有一天从眼前消失。

这究竟是为什么呢？

原来，父母去世后留下的这些家产，按照常理是应该平分的，可是哥哥嫂子想要独吞。于是他们担心，这个弟弟一天天长大了，万一哪一天提出分家怎么办？如果不分家，总不能留他在家里一辈子；如果分家，家里的财产他们可是一点都不愿意给他。想来想去，他们只恨爹娘当初为什么要多生这个弟弟牛郎，要是只有哥哥一个就好了。

担心夜长梦多的哥哥嫂子决定早做了断，他们商量之后，把牛郎叫到跟前。哥哥假惺惺地笑着说："弟弟呀，你现在长大了，该成家了，继续留在哥哥嫂子家也不合适了。哥哥看你跟那头老牛感情最好，就把那头牛和那辆牛车给你，你带着它单独过日子吧。"

嫂子在旁边也连忙搭腔道："弟弟，我们给你挑的可是最有用的东西，你可别不识好歹呀！我们是看你跟那头老牛感情好才特意给你的，你就带着它赶快离开这里吧！"

牛郎明白哥哥嫂子的真实意图，也不再跟他们争辩什么，心想只要有老牛陪着自己就行了，自己一个人过日子倒也自在。于是，他牵着老牛，拉着那辆破车，离开了家。哥哥嫂子一看牛郎离开了，别提多高兴了，这下家里的钱财、房屋、田地全都是他们的了。

牛郎走出村子，走过一片树林，在一个山坡上搭了一间茅屋，又在茅屋前后开辟了一些荒地，种上庄稼，算是安下了家。平日里，他每天去山上砍柴、去地里干活。柴装满一车，他就让老牛拉着，到集市上去卖；庄稼收获了，他就精心存储起来，留给自己做口粮。白天跟老牛一起辛苦忙碌，晚上就跟老牛一起搭伴休息，日子比之前过得要简单、快乐。

一天晚上，牛郎在外面干完活，回到茅屋，突然听到有人叫他："牛郎，牛郎！"

他转过身，屋里除了那头老牛，明明一个人也没有——难道是这头老牛在说话吗？他有点不敢相信。

"是我呀，牛郎。"那老牛的嘴巴一张一合，果然是它在说话！

牛郎顿时又惊又喜，他抱着老牛的头，高兴地说："老牛啊老牛，你居然开口说话了，实在是太好了！"

老牛用头轻轻地蹭着牛郎的胳膊，用低沉的声音说："牛郎啊，我原本是天上的金牛星，因为吃了玉帝花园里的牡丹，被贬下凡间，要当一辈子的耕牛赎罪。我原以为自己要受一辈子苦，没想到遇到了你。你平日里对我这么照顾，现在到了我报答你的时候了。眼下，有一个千载难逢的良机，你一定要把握住，它关系到你一生的幸福哩！"

"什么千载难逢的良机？"牛郎问。

"明天黄昏时分，你翻过前面的那座山，山后面有一片树林，过了树林，有一个湖，你就躲到湖边的树林里，听到湖里有女子的欢笑声时，你就去湖边寻找，然后你会发现几件纱衣，你把粉色的那一件捡走，再继续藏到树林里去。等到有个姑娘来找你要衣服的时候，你就求她做你的妻子，她如果同意了，你下半辈子的幸福就有着落了，她可是天上的仙女哦！记住，一定要按照我说的去做，千万别错过这个好机会！"

“知道了，知道了！”牛郎高兴地答应下来。

第二天，太阳快落山的时候，牛郎翻过茅屋前面的那座山，山后面果然是一片树林。穿过树林，果然看到了一片清澈的湖水，绚丽的晚霞倒映在湖面上，犹如人间仙境一般。他按照老牛的嘱咐，藏到湖边的树林里。不一会儿，果然听到湖里传来女子的欢笑声，像是一群女孩正在戏水。他悄悄来到湖边，远远看到几个姑娘正在湖里嬉戏。他顺着湖边寻找，果然在一片草地上发现了几件美丽的纱衣，他找到粉色的那件拿在手里，感觉这件衣服就像是鸟的羽毛，又轻盈又美丽。他不敢多耽搁，连忙抱着纱衣到旁边的树林里继续藏着。

过了一会儿，天完全黑了，他听到姑娘们上岸的声音，其中一个说：“时间不早了，咱们赶快回去吧，要是被王母娘娘发现就麻烦了！”

随后，伴随着窸窸窣窣穿衣服的声音，一道道光从湖边升起，看来这些姑娘的确是仙女，穿好衣服都飞到天上去了。

“咦，我的衣服呢？”一个焦急的声音传来，“我的衣服不见了，你们……你们怎么都已经飞走了呀？”

牛郎听见这个姑娘着急得都快哭了，连忙从树林里走出来，双手捧着纱衣说：“姑娘，别着急，这件衣服是你的吗？”

姑娘看到牛郎手里的衣服，当即破涕为笑，她取过来披到身上说：“哎呀，原来是被你捡到了，真是太谢谢你了。要是找不到这件衣服，我就飞不回天上了。”

牛郎想到是自己故意把她的衣服藏起来的，当即羞红了脸。

姑娘看着他呆笨的样子，扑哧一声笑了出来。

牛郎问："姑娘，你真的是天上的仙女吗？你这么着急回天上，天上真的有那么好吗？"

姑娘摇了摇头，说："天上才没你想的那么好呢，一点意思都没有，要不然我们怎么会偷偷跑到人间呢？"

随后，姑娘一边梳着头发，一边跟牛郎说起了自己的身世。原来，她是王母娘娘的外孙女，负责为天宫织彩锦，大家都叫她织女。她织的彩锦非常漂亮，王母娘娘每天都用它们去装点天空，我们在人间看到的那些灿烂的云霞，就是织女巧手织出来的彩锦。它们漂亮归漂亮，可也正是由于这一点，天宫对彩锦的需求越来越多，织女只得每天待在机房里，没日没夜地忙碌，一点自由都没有。她从别人那里听到了一些人间的事情，便一直想找个机会去人间看一看。终于有一天，趁着王母娘娘酒喝多了，她跟着几个姐妹偷偷来到了人间。在人间游玩了半日之后，她们看到这一片湖水清澈晶莹，倒映着天上的云霞——也就是她亲手织出的彩锦，漂亮极了，便决定一起到湖里洗个澡再回天庭，结果就这样碰到了牛郎。

织女介绍完自己的经历，好奇地问牛郎："人间好玩吗？你快给我讲讲吧！"

牛郎便向织女讲述了自己的经历和每天的生活。织女听了，觉得人间的生活比天上要丰富多彩多了，不禁感叹道："还是人间好呀，虽然会经历酸甜苦辣、悲欢离合，但这些正是天上那一潭死水般的枯燥生活所不能比的。"

牛郎一听，连忙说道："既然你觉得人间好，那你干脆别回去了，就留在这里吧！"

"留在这里？"织女思索了一下说，"我如何留在这里呢？连个家都没有……"

"你如果不嫌弃，就……就……"牛郎结结巴巴地说不出话来。

织女笑了起来，故意问牛郎："就什么呀？你接着说呀。"

"你如果不嫌弃，就……就做我的娘子，跟我一起在人间过日子吧！"说完这句话，牛郎长出一口气，满脸通红。

织女看着他窘迫的样子，不禁又笑了起来。她觉得这个小伙子身世可怜，为人真诚，是一个可以托付的人。加上她一想到天上日复一日枯燥的生活，便心生厌烦，于是她心一横，拉着牛郎的手说："好，我答应你！从今天起，我跟你一起在人间过日子，再也不回到那天上去了！"

牛郎和织女便生活在了一起。牛郎去外面种地、砍柴，织女便在家里织布、操持家务。两个人勤勤恳恳，恩恩爱爱，日子过得简单又快乐。

一转眼，两年过去了，织女为牛郎生下了一对儿女。等到孩子们会说话的时候，织女便经常在晚上指着天上的星星，给孩子们讲天上的故事。她和牛郎一起在田间干活的时候，两个孩子便在田埂上玩耍，清澈的河水从田间流过，欢快的小鸟在头顶鸣叫，飞向远处的山林。人间的生活真是自由自在，无忧无虑。可是，一个人的时候，织女还是会隐隐地感到忧愁。她知道，王母娘娘早晚会发现她私下人间的事，一定会来找她，到时候真不知道会发生什么，可她又不敢跟牛郎讲，只能独自担心。

时间一天天过去，孩子们一天天长大。等到两个孩子都会跑会跳的时候，那头老牛已经老得走不动路了。牛郎和织女都非常感激它当初牵的姻缘，一直对它非常照顾。这一天，牛郎像往常一样走进牛棚，看到那头老牛眨了眨眼睛，流下泪来。

"老牛呀，你为什么哭了？"

"牛郎啊，我老了，要走了，我们之间的缘分到头了。"老牛说，"我走之后，你记得把我的皮剥下来留着，以后如果碰到什么紧急的事，就把我的皮披上，我还能助你一臂之力。"

说完，老牛便倒在地上死了。牛郎按照老牛的嘱咐，忍着悲痛把它的皮剥下来，晾干之后藏了起来。夫妻俩痛哭一场，把老牛的尸骨安葬在屋后的山坡上。

都说天上一日地上一年，织女偷偷留在人间这么多年，天上也过去了不少时日。她的姐妹们虽然一直在帮她刻意隐瞒，但织女失踪的消息，最终还是被王母娘娘知道了。她大发雷霆，当即派了不少天兵天将到人间查访织女的消息。当她得知织女已经嫁给了牛郎，还在人间生儿育女的时候，气得火冒三丈，亲自下到人间来找织女，要把她带到天上重重责罚。

看到王母娘娘的时候，织女知道该来的还是来了。她紧紧地抱着两个孩子，苦苦哀求王母娘娘："我跟牛郎情投意合，甘愿做一对平凡夫妻，求娘娘发发慈悲，留我在人间吧！"

王母娘娘哪里肯听，她一把抓住织女就往外走。两个孩子见了，都害怕地哭了起来，抱着织女的腿不放。王母娘娘手一挥，两个孩子便跌倒在地上，然后她拉着织女，一起飞到了天上。织女看着两个可怜的孩子，泪如泉涌，连忙冲他们高喊："去，快去找你们的爹爹！"

此时的牛郎还在地里干活，看到两个孩子飞奔过来，连忙问发生了什么。当他得知织女已经被王母娘娘抓走的时候，连忙飞奔到家里。回去一看，屋里屋外都没有织女的身影，只有织机上还留着半截彩锦，灶台上还留着冒着热气的饭菜。看来，织女已经被带到天上去了。牛郎只是一个凡人，该怎么办呢？他急得团团转。

就在这个时候，他想起了老牛临死前说过的话——紧急时刻，披上它的皮可以帮他。他连忙取出牛皮，把它披到身上。牛皮一披到身上，他就感觉到身子发轻，双脚离开了地面。能飞到天上，不就能去追织女了吗？想到这里，他又赶紧找来两个箩筐，把两个孩子放到筐里，然后披着牛皮，挑着他们往屋外跑去。

一到屋外，他就腾空飞了起来，越飞越高，越飞越快，慢慢地，前方出现了王母娘娘和织女的身影。他一边追赶，一边大声呼喊着织女，两个孩子也一起呼唤着自己的妈妈。织女听到了，也转回身回应着他们。

牛郎越追越近，眼看就要追上了，王母娘娘突然拔下她头上的玉簪，在身后一划，顿时，一条天河出现在牛郎面前，河水波涛汹涌，河面越来越宽，硬生生挡住了牛郎的去路。

从此以后，牛郎就留在了天河的这边，织女则留在了天河的另一边，两个人只能隔河相望，再也无法在一起。时间长了，他们便成了天河两侧的牵牛星和织女星。

后来，玉皇大帝看到他们如此情深，于心不忍，便允许他们每年七月初七相见一次。

于是，每年的七月初七，成群的喜鹊便会从人间飞到天上，在天河上搭出一座鹊桥，让牛郎织女在桥上相会。据说，每逢七月初七这一天，人间的喜鹊都会少上许多，因为都飞到天上去搭鹊桥了。

七月初七这一天，也慢慢演变成了人间的七夕节，成了全天下有情人的节日。还有人说，在七夕这一天夜里，如果躲到葡萄架下面静静去听，还能听到牛郎和织女在鹊桥上说话的声音呢。

孟姜女哭长城

传说秦朝的时候，在一个村子里，有两户人家紧挨在一起。东边这户人家姓孟，西边这户人家姓姜，两家之间只隔了一道篱笆墙。

有一天，孟家夫妇在院子里闲坐，一只燕子飞了过来，一声啼叫，为他们衔来了一粒葫芦籽。他们把葫芦籽种到院子里，不久之后，这颗葫芦籽便发芽长叶，藤蔓越长越长，最后翻过篱笆墙，一直爬到了姜家的院子里，还在姜家结出了一个大葫芦。

春去秋来，葫芦成熟了。两家人便在一起商量，既然这葫芦秧是长在我们两家，那就把这个葫芦切开，一家一半吧。于是，两家人小心翼翼地切开了葫芦。神奇的是，当葫芦被切开的时候，从里面居然蹦出来一个小女孩，跟个小仙女一样，漂亮极了。孟姜两家都没有孩子，看到这么可爱的一个孩子，自然都想要。可是孩子又不是葫芦，总不能一家分一半。最后两家人商量之后决定，这个孩子由两家一起来养，至于名字嘛，由于葫芦的根在孟家，就让她姓孟，名叫姜女。

转眼之间，十几年过去了，孟姜女在两家人的共同呵护下长成了一个大姑娘。她不仅容貌出众，才华也超群，琴棋书画样样精通，待人接物也落落大方。附近十里八乡的人们，都对她赞不绝口，孟家和姜家更是视她如掌上明珠。

那时候，秦始皇刚刚统一六国，为了巩固统治，抵御北方的匈奴，秦始皇决定修筑万里长城，从全国各地强行抓去很多壮丁。一时间，全国上下人心惶惶，凡是成年男子，都担心自己会被抓去修长城。要知道，被抓去修长城的人往往九死一生，很多人都累死或冻死在长城脚下。

有一个叫万喜良的读书人，为了躲避官府抓壮丁，从家里逃了出来。这一天，万喜良刚好来到孟家的院墙外，奔波了一天的他准备歇歇脚，看看能不能讨口水喝。就在这时，他忽然听到一阵喧哗，从前面传来人喊马叫的声音，估计是抓人的差役又来了。于是，他顾不得多想，连忙翻上旁边的院墙，扑通一声跳了下去。

院墙里就是孟家的后花园。当时，孟姜女正跟两个丫鬟在花园里玩耍，突然看到一个陌生人翻过院墙，躲到了丝瓜架下面，顿时吓得花容失色，啊的一声叫了出来。

万喜良连忙上前躬身施礼，低声哀求道："小姐莫喊，小姐莫喊！我是逃难的书生，不是坏人，请小姐救我一命吧！"

孟姜女看万喜良虽然有些狼狈，但的确长得白白净净，一副读书人的模样；加上她也知道最近官府在疯狂地抓壮丁，她很同情那些被抓走的人，于是明白了个大概。她让万喜良先留在花园，自己和丫鬟一起去向孟员外报告。

片刻之后，孟员外来到后花园，详细询问了万喜良的姓名和家乡住处，以及他来到这里的原因，万喜良都一一如实回答。孟员外见他为人诚恳老实，处境的确可怜，就答应把他暂时藏在家中。

万喜良在孟家住了一段时间，孟家老两口见他温文尔雅，知书达理，一表人才，就找来姜家商量，想招他为婿，让他跟孟姜女喜结良缘。两家人都没什么意见，就找来孟姜女商量。孟姜女对万喜良也情有独钟，便羞涩地点头同意了。最后，两家人又去找万喜良，万喜良早就被孟姜女的美貌和才学深深打动，自然一口答应。于是，这门亲事就这样欢欢喜喜地定了下来。

两家人选了个良辰吉日，让万喜良和孟姜女拜堂成了亲。成亲那天，孟家和姜家都张灯结彩，两家人合办了酒席，请来亲朋好友共聚一堂，大家热热闹闹地庆祝了整整一天，将两位新人送入了洞房。

常言道，祸兮福所倚，福兮祸所伏。可能正是由于孟姜两家大摆筵宴，才引起了官府的注意，他们得知万喜良的来历后，便派差役前来抓他。可怜这新婚燕尔的小两口，成亲还不到三天，就被迫分开了。

孟姜女知道，万喜良这一被抓，必然是凶多吉少。可她又能做什么呢？她每天在家里哭啊盼啊，希望能够收到万喜良的消息。可是，她在痛苦的煎熬中盼了一年，什么消息都没等到，万喜良就像石沉大海一样杳无音讯。

眼看着又一个冬天就要来了，孟姜女在家里实在待不下去了，决定亲自前往北方，去长城脚下寻找自己的丈夫。

她一连熬了好几个夜晚，为万喜良赶制了几件寒衣，把它们打包好背在身上，然后向孟姜两家辞行。她对四个老人说："万喜良已经走了这么久，一点消息都没有，我这次去一定要找到他，活要见人，死要见尸，如此才不枉我们夫妻一场。"两家的老人见她去意已决，知道拦也拦不住，就给她打点好行装，送她出了门。

孟姜女离开家乡，一路向北方走。饿了，她就啃两口干粮；渴了，就喝一口凉水；累了，就在路边找个地方歇歇脚。一座又一座山被她翻了过去，一条又一条河被她跨了过去。她已经记不清自己走了多久，也不知道长城还有多远。

越往北走，天气越冷，可还是看不到长城的影子。她问路边一个砍柴的老伯："老人家，请问这里离长城还有多远？"

老伯说："长城啊，还远着呢。从这里继续往北走，要走很远很远才到幽州，长城还在幽州的北边呢。"

老伯的话并没有打消孟姜女的斗志，她暗想："长城啊长城，哪怕你远在天边，我也要去你那里，找到我的丈夫！"

历尽千难万险，倔强的孟姜女终于来到长城脚下。她连忙向修长城的民工打听，知不知道自己的丈夫万喜良在哪里，可是对方都说不知道。她接着去问其他人，还是不知道。她不死心，沿着长城一边走，一边逢人就问。

不知道走了多久，也不知道问了多少人，终于，孟姜女找到了一个邻村的民工，当初他是跟万喜良一起被抓来的。他说自己和万喜良被抓来之后，两个人就分开了，但他知道万喜良在哪一段长城干活，他带着孟姜女去找那些跟万喜良一起干活的民工。

孟姜女一到地方，马上问大家："各位大哥，你们是和万喜良一起修长城的吗？"

大家说："是！"

孟姜女连忙激动地问："万喜良呢？"

大家你看看我，我看看你，谁都不再说话，有的人眼里还闪动着泪花。

孟姜女一看，顿时如遭雷击，脑袋里嗡了一声，险些倒在地上。她强忍着不安，抓住眼前的一个民工的手，不停地摇晃着问："万喜良呢？我丈夫万喜良呢？"

那位民工见瞒不住了，只得吞吞吐吐地说："他……他身子骨太柔弱，每天活那么重，又吃不饱……上个月就……去世了……"

孟姜女悲痛欲绝地问："他的尸首呢？"

"死的人太多，埋不过来，都被监工让人填到长城里了！"

孟姜女一听，再也忍受不住，失声痛哭起来。别看她身子那么柔弱，这哭声却响天震地，像是有诉不尽的悲伤和愤怒。她一边哭，一边用手拍打着长城。身后的民工们听着她的哭声，也跟着一起哭了起来。一时间，成千上万的哭声汇聚在一起，直哭得日月无光、天昏地暗，直哭得北风怒号、山川震动。哭着哭着，只听见轰隆一声巨响，仿佛天塌地陷一般，长城倒塌了一大截，露出了里面的一堆堆人骨。孟姜女便一边哭，一边去那些白骨中寻找自己的丈夫。

这么多的白骨，哪个才是自己的丈夫呢？孟姜女忽然想到小时候孟家母亲给自己讲过，亲人的鲜血可以渗进亲人的骨头。于是，她咬破中指，将鲜血一滴滴地滴在那些白骨上，看看能否辨认出自己的丈夫。

说来也神奇，当她的血滴到别的尸骨上时，都只是凝结在表面，唯独一具尸骨，血滴到上面，眨眼间就全都渗了进去。孟姜女一边哭，一边挖，挖出了整具尸骨，也挖到了一些衣物的碎片，正是万喜良的。孟姜女把自己带来的寒衣，一件件披在丈夫身上，守着丈夫的尸骨，又开始了痛哭，哭得眼泪都干了。

这时候，秦始皇带着浩浩荡荡的人马，刚好巡察长城从这里经过。当他听说孟姜女哭倒了长城时，顿时勃然大怒。他让人把孟姜女带到自己面前，决定从重处罚她。可是，他一见到如花似玉的孟姜女，便改变了想法，想要霸占她。他对孟姜女说："孟姜女，寡人有意纳你为妃，保你有享不尽的荣华富贵，只要你从了寡人，你哭倒长城的事情，寡人就不怪罪了。"

孟姜女盯着面前的秦始皇，恨不得一头撞死这个暴君，与他同归于尽。可她转念一想，自己的丈夫尸骨未寒，冤仇未报，自己怎能白白死去呢？于是，她强忍着内心的愤恨，对秦始皇说："要想让我依从，必须答应我三件事，否则我现在就撞死在你面前！"

秦始皇说："莫说三件，就是三十件寡人也答应你。"

孟姜女说："第一件事，要给我丈夫万喜良高搭灵棚，超度亡灵，给他立碑、修坟。"

秦始皇说："好说，好说，应你这一件。第二件事呢？"

"第二件事，我要你给我丈夫披麻戴孝，率领文武百官为他送葬。"

秦始皇一听，顿时犹豫了，他说："寡人是一国之君，岂能给一个小民送葬？这件不行，你说第三件吧！"

孟姜女说："第二件不答应，就没有第三件！"

秦始皇这下为难了。不答应她吧，眼看着到嘴的肥肉就吃不到了。答应她吧，岂不是要被全天下的人耻笑？他盯着孟姜女，越看越觉得她美，就像天上下凡的仙女，索性心一横，心想："我既然是一国之君，还何必在意别人耻不耻笑？谁敢耻笑我，我就杀了谁！"想到这里，他便对孟姜女说："好！这第二件事，寡人也答应你！快说第三件吧。"

"第三件事，我要巡游三天大海，再同你成亲。"

秦始皇说："这个容易！好了，三件事寡人都答应你！"

随后，秦始皇便按照孟姜女的要求，给万喜良高搭灵棚，超度亡灵，还准备了大批的孝服和招魂的白幡。出殡那天，万喜良的灵车走在前面，秦始皇和文武大臣跟在后面，披麻戴孝一起送葬。整个葬礼场面浩大，轰动了天下。

安葬完万喜良，孟姜女对秦始皇说："前面两件事都办完了，我们游海去吧，回来好成亲。"

秦始皇一听，高兴极了，连忙安排了一艘大船，载着孟姜女一起出海去了。

可他没有想到的是，这是孟姜女早就思量好的安排。她给了丈夫万喜良一场世间最隆重的葬礼，已经了无牵挂了。当船行驶到大海上，她纵身一跃，跳入了大海。

秦始皇一下子急了，连忙吩咐手下："快！快下水捞！"

然而，打捞的人刚一下水，大海就掀起了滔天巨浪，直向他们打来。打捞的人见势不妙，急忙爬到船上，乘船逃到岸上去了。

原本风平浪静的大海，为什么突然掀起了巨浪呢？原来是海里的龙王和龙女知道了孟姜女的遭遇，都很同情她。当看到她毅然决然地跳海自尽时，便把她接住，带到了龙宫。随后，他们又让虾兵蟹将掀起了滔天巨浪，把前来打捞的人全都赶跑了。要不是秦始皇跑得快，估计也要葬身大海了。

木兰从军记

南北朝时期，有一个名叫花弧的老军官，武功很好，立过战功，现在年纪大了，退伍在家。他有三个孩子，两个女儿一个儿子。三个孩子中，数二女儿木兰最为聪明勇敢，从小就活泼好动，缠着父亲学了不少武艺。父亲每教她一招，她都能很快掌握，然后每天勤学苦练，功夫一天天长进。慢慢地，连父亲都不是她的对手了。

但木兰毕竟是个姑娘家，母亲见她每天缠着父亲习武，打打杀杀的，不像个样子，便开始带着她纺线织布、学习女红。很快，木兰十七八岁了，长成了一个落落大方的姑娘，眉宇间还透着几分英气。尽管她每天做的事是纺线织布，可她仍然没有放弃习武，一直坚持不懈地练习。

一个秋天的傍晚，木兰带着七岁的弟弟，走在放羊回家的路上。一声长鸣，打破了天空的宁静。姐弟俩抬头一看，原来是一群大雁飞过。它们飞得很高很快，大概是赶着去南方过冬。木兰取下背上的弓箭，嗖的一声，向空中射出一支利箭。随后，空中传来一声啼叫，一只大雁落了下来。

弟弟高兴地跑过去，把大雁捡了回来，对木兰说："姐姐，你真是太厉害了！你要是个男的，一定能当大将军！"

"少贫嘴，快把大雁拿回去，给咱爹下酒。"木兰嘴上这么说着，心里却暗暗有些失落。是啊，虽有这一身武艺，又有什么用呢？

回到家里，发现父母都有些异样，两个人都不发一言。一直到吃饭了，一家人围坐在桌子旁，还是没有人说话。换作平时，大家早就有说有笑了。现在呢，父亲一口接一口地喝酒，母亲和大姐都紧皱着眉头，木兰觉得家里一定出了什么事。

在木兰的再三询问之下，大姐终于道出了实情。原来是北方发生了战事，邻国入侵，一路烧杀抢掠，导致生灵涂炭。天子为了御敌，如今在全国征兵，所有的退伍军人都要出征，如果父亲年迈，可以由儿子顶替。今天官府送来了征兵的文书，父亲的名字也在名册上。可是父亲现在年纪这么大了，母亲非常担心，想让他托病不去，但是父亲一心想要为国效力，两人争执不下，还吵了一架……

木兰听后，不知该如何劝慰父亲，默默回到自己的房间。往常这个时间，她都会坐在窗口的织机前忙碌，但是今天晚上，从她房间里始终没有传出机杼的声音，取而代之的是一声声焦虑的叹息。

木兰知道，父亲如今已年迈多病，身体大不如前，不要说上阵打仗，平时干点体力活都气喘吁吁。如果他应征上战场，必定是凶多吉少。虽然儿子可以替父出征，可是弟弟才七岁呀，家里剩下的只有大姐和自己两个女儿，这该怎么办呢？

整整一个晚上，木兰都在床上翻来覆去，几乎一夜未睡。第二天一大早，她就早早地出了门，去街上买了一匹枣红马，又给马配上马鞍、马鞭和马笼头，还去裁缝店让师傅赶制了一件战袍。别人问她是不是在为父亲出征做准备，她笑而不答。

官府开始挨家挨户接走入伍的人，很快来到了花家。花弧已经打点好行装，准备动身。木兰的母亲和大姐跟在他身后，满脸都是眼泪。木兰七岁的弟弟怔怔地跟在最后，还不太明白发生了什么。花弧回头看了一眼家人，不知道木兰去哪里了。他叹了口气，迈步走出家门。

一阵急促的马蹄声传来，紧接着，一匹枣红色的骏马驰骋而至，停在花家门前。骏马上，端坐着一个英姿飒爽的少年，头扎方巾，身披战袍，浑身散发着逼人的英气。少年翻身下马，在花弧面前俯身下拜。花弧诧异地问："这位小英雄，请问你是……"

少年微微一笑，低声对花弧说："父亲，您不认得孩儿了吗？"

花弧一下子睁大了眼睛——天哪，"他"居然是自己的女儿木兰！

只见眼前的少年转身对官府的差役深施一礼，朗声道："各位大人，我父亲年事已高，且体弱多病，我是他的长子，就让我替父从军吧！"

说完，少年从地上捡起一块碎石，掷到空中，然后飞快地搭弓射箭。只听见一声脆响，箭头正中石块。一时间，周围人无不叫好。

差役们一看，这个小伙子武艺高强，是个不可多得的人才，当即便同意了。

木兰的父母见事已至此，也只得替木兰继续隐瞒身份。他们含泪交代木兰几句，便与她依依惜别了。就这样，木兰女扮男装，离开了家乡，远赴边疆替父出征。

军情紧急，木兰入伍之后，便马不停蹄地奔赴边疆。他们昼夜兼程，翻山越岭，一路上历尽了千辛万苦。走着走着，他们来到了黄河边。夜里，他们就在黄河边宿营。木兰躺在营房里，久久无法入睡。她知道，父母呼唤自己的声音已经越来越远，现在她耳边充斥着的只有黄河滚滚向前的咆哮。

再继续往前走，他们来到了黑山脚下。这里已经离前线很近了，甚至可以听到敌人战马的嘶鸣。

一路上，勇敢而热情的木兰结识了很多战友，大家成了非常好的朋友。不过，从日常的言行里，木兰发现她的这些战友普遍对女性存在偏见。比如，在一次闲聊的时候，一个战士说："我们在这里受苦拼命，那些妇女们却在家里享清福，真不公平！"

木兰一听，当即反驳道："这位大哥，此言差矣。杀敌救国是男人的责任，可是妇女们也有她们的责任啊，我们每天嘴里吃的、身上穿的，哪一个不是她们辛苦供给的？怎么能说她们无用呢？"

那位战士一听，顿时哑口无言。大家听了木兰的话，不由得都想起远在家乡的母亲和妻子，理解了她们的辛苦和不易。

木兰看到战友们情绪的变化，继续说："既然保家卫国是我们义不容辞的责任，我们就应该坚守好自己的职责，绝不能让敌人侵入我们的国土，破坏我们的家乡，更不能让他们残害我们的亲人！"

一瞬间，大家的斗志都被点燃了，恨不得马上冲上战场，杀光所有的敌人。

很快，属于他们的战斗开始了。每一次冲锋，木兰都一马当先，奋勇杀敌。她的英勇很快得到了上级的赏识，提升她做了头领。她灵活运用从父亲那里学来的军事才能，屡战屡胜，很快又被提拔为都统，可以直接参与各项军事决策。

有一次，在整顿兵马之后，敌军突然来犯。两军激战很久，敌人突然调转方向，快速败走。元帅贺廷玉不知是计，率兵去追，结果被伏兵包围。贺廷玉大惊，再想撤退为时已晚。

危急时刻，木兰率军及时赶到，杀退了伏击的敌军，救出了元帅，然后又出其不意地杀了个回马枪，直冲敌人大营，杀得对方大败。从此，木兰一战成名，连敌军将士都知道，对方军营里有一个花姓小将，有勇有谋，不可小觑。

还有一次，木兰深夜奉命巡营，突然发现夜幕中群鸟惊飞，方向是由北向南，便怀疑会有敌军夜袭。她连忙去见元帅，建议将计就计，将人马撤出大营，埋伏在周围，等敌人入瓮。元帅采纳了她的建议，又命她另率一支人马，去取敌军大营。

当天夜里，敌军果然来犯，而且是倾巢出动。

当他们冲入大营，发现里面空无一人时，明白已经中计，想要撤退，却发现四周的伏兵已经杀来，一时间死伤无数。敌军首领好不容易突出重围，带着残兵败将赶回自己的营寨时，却发现营寨已被木兰占领。木兰不容敌军喘息，一鼓作气冲杀过去，生擒了敌军首领。敌军见大势已去，纷纷缴械投降，木兰大获全胜。

一次次卓越的战功，让木兰得到了贺元帅和将士们的认可和赞赏，最后，她做了左路大将军。

经过整整十二年的激战，边疆的战乱才算完全平定，木兰和将士们终于可以班师回朝了。

回京之后，贺廷玉元帅将木兰的战功奏明天子，天子亲自召见了木兰，赏了她很多金银珠宝，还要封她做兵部尚书。木兰拜谢了天子的恩典，但她表示不愿做官，只想尽快回到家

乡，与家人团聚。最后，木兰在一众战友的簇拥下回到了家乡。

木兰的父母此时已经白发苍苍，他们听说女儿回来了，互相搀扶着，一直跑到城外去迎接。大姐听说妹妹回来了，高兴得连忙对着镜子打扮起来。已经长大成人的弟弟，听说姐姐回来了，赶紧磨刀去杀猪宰羊……

木兰又回到了她十二年前的家。她让父母在厅堂招待自己的战友，独自一人回到自己的房间。

她脱下盔甲战袍，穿上漂亮的衣裙，对着镜子梳理柔顺的长发，在额头贴上美丽的花黄，戴上女孩最喜欢的发饰。她冲着镜子里的自己微微一笑，十二年的时光仿佛一闪而过，她又变回了当初那个亭亭玉立的姑娘。

梳洗打扮完毕，木兰这才有点羞涩地走出房门。当她微笑着出现在战友面前时，大家都惊呆了。

是呀，谁又能想到呢，大家在一起共同战斗了那么多年，那个英勇善战的花将军，竟然是一个姑娘！

孔子与采桑娘

传说，孔子带着他的弟子周游列国的时候，被困在陈国和蔡国之间。陈国和蔡国的国君都想除掉孔子，但也知道孔子在天下人心中很有地位，不想直接杀掉他，也不想去逮捕他，而是想把他和他的弟子们困在野外，最后被活活饿死。

果然，孔子一行人被困之后不久便断了粮，整整七天七夜都没有饭吃，只能靠一些野菜充饥。营养跟不上，大家一个个步履蹒跚，脸色也很难看。后来，幸亏孔子的弟子子路捉到了一条大鳈鱼，大家吃了，才重新打起精神，开始正常的读书学习，孔子也弹起了他的琴。

陈国和蔡国的国君发现围困的办法并未奏效，加上有不少人知道了他们围困孔子，都在反对。为了给自己找个台阶下，他们便派人给孔子送去了一颗九曲明珠，告诉孔子，如果能用丝线穿过珠孔，就可以放他们出去。

孔子和弟子们便开始研究这颗九曲明珠，尝试着用丝线去穿，可这九曲明珠的珠孔根本不是直的，而是像它的名字那样，里面弯弯绕绕，丝线根本穿不过去。

正在大家一筹莫展的时候，孔子突然想起来一件事。在他们经过卫国前往陈国的时候，遇到过两个采桑的姑娘，孔子跟她们打了个招呼，还冲她们半开玩笑地说了一句："南枝窈窕北枝长。"结果，这两个姑娘竟出口成章地回答他道："夫子在陈必绝粮，九曲明珠穿不得，再来问我采桑娘。"

现在想来，这两个姑娘很不简单呀，既然她们已经预料到了孔子会遇到今天的难处，想必她们一定有解决的办法。于是，孔子派出大弟子颜渊和能言善辩的子贡，一起去寻访那两个采桑姑娘。

颜渊和子贡沿着来时的路，一路寻访到当初碰到采桑姑娘的地方。可是，他们根本不知道那两个姑娘的名字，根本没办法打听她们的住处。这时候，子贡看到在当初两位姑娘采桑的桑树下堆着一堆土，在这堆土的旁边，还堆着三个紧挨在一起的小土堆。子贡心想，桑者木也，木旁有土，则为"杜"字；旁边还有三个小土堆，可能是排行第三的意思，那么姑娘的名字有可能就是杜三娘。

于是，子贡向一位路过的樵夫打听："村中可有一个叫杜三娘的姑娘？"

樵夫听了，并没有直接回答他，而是吟了一首诗："芦塘荻渚绕华堂，瑶草疏花傍粉墙。行过小桥流水北，其间便是杜家庄。"

　　颜渊、子贡谢过樵夫，按照他诗中所言，果然在庄里找到了杜三娘的家。两人轻叩门扉，一个仆人开了门，一问，对方却说姑娘现在不在家，出去了，然后莫名其妙地送给他们一个大西瓜。

　　正当颜渊捧着西瓜不明就里的时候，头脑灵活的子贡却已反应过来，他笑着说："你看，人家送我们西瓜，说明'子'在里面，那就是姑娘并没有出去呀！"

　　于是，两人又去叩门，门很快便打开了，这回出来的不是仆人，而是两个笑得花枝乱颤的天真活泼的姑娘。她们不是别人，正是当初孔子遇到的那两个采桑姑娘。

　　姑娘们笑着说："不愧是孔圣人的弟子，脑袋瓜倒是挺灵通呢！快说吧，找我们有什么事？"

　　颜渊和子贡相视一笑，把他们之前遇到的难题向姑娘们说了一遍。

　　"这有何难！"姑娘们轻松地说，"你们回去告诉孔圣人，先用蜂蜜把丝线涂一涂，再去找一只蚂蚁，把丝线系在蚂蚁腰上，让蚂蚁去钻九曲明珠的孔。要是蚂蚁不肯钻，就用烟熏一熏，蚂蚁就钻过去了。"

　　两人一听，恍然大悟，立即拜谢两位姑娘，高兴地回去了。

回去之后，他们按照采桑姑娘的办法去试，果然顺利将丝线穿过了九曲明珠。陈国和蔡国的国君也遵守当初的承诺，把对他们的围困解除了。

机智的徐文长

徐文长名叫徐渭，字文长，是明代著名的文学家和书画家，浙江绍兴人。在徐文长很小的时候，他就表现出异于常人的聪明，十几岁时学识就已经非常渊博了。

传说，在徐文长小时候，他的伯父曾专门做了个测试，想看看到底哪个孩子最聪明。伯父带着一群孩子来到一座竹桥边，这座竹桥又矮又长，紧贴着水面，如果是个大人站上去，竹子受力变弯，桥面就会陷到水里。

伯父拿来两桶水，对孩子们说："你们谁能提着这两桶水过桥去，我就送他一份礼物。"

孩子们都想得到礼物，便一个个跃跃欲试。可是等大家去尝试的时候，一个个都傻眼了。因为哪怕是个子最小的孩子，只要提着水桶站到竹桥上，桥面就会马上陷到水里，根本没办法过桥。

就在这时，一个孩子从人群中站了出来，对伯父说："伯父，让我来试试吧。"

伯父一看，这个孩子正是徐文长。伯父点点头，把水桶交给了他。

徐文长接过水桶，先提着一桶水放到水里，见木桶没有沉下去，便去找来两根绳子。他先把两只水桶都放到水里，然后用绳子系住，他站在桥上，拉着绳子往前走，水里的两只水桶被他牵引着也往前移动。就这样，他鞋袜未湿，轻轻松松便过了桥。

其他的孩子一看，一个个都拍手叫好。伯父也高兴地点了点头，然后对徐文长说："既然你过了桥，那就来取你的礼物吧。"

说完，伯父带着孩子们来到一个长长的竹竿跟前，竹竿被伯父扶着立在地上，顶端吊着一个包裹。伯父说："文长，你的礼物就在这竹竿上，你要想办法把它取下来才行。记住，要取下这个礼物，第一不能把竹竿放倒，第二不能借助梯子或其他东西垫高。"

伯父说完，孩子们都陷入了沉思，大家都在心里想："唉，这礼物就算给我，我也取不下来呀！"但他们都知道徐文长很聪明，便一脸期待地看着徐文长。

徐文长不动声色，盯着竹竿思索片刻，从伯父手中接过竹竿，举着它来到一口水井跟前。然后，他将竹竿保持竖立，慢慢从井口向下放去，不一会儿，竹竿顶端便降到跟他身子一样高的位置了。他嘻嘻一笑，轻轻松松地便把礼物拿到了手。

从此以后，徐文长的聪明才智得到了越来越多的人认可。他利用自己的才学和机智，惩恶扬善，帮助了不少人。不过，要说起他年少时最大快人心的一件事，那就要数难倒窦太师了。

这一年，临近秋试，皇帝派了一个叫窦光鼐的老太师前往绍兴当主考官。为了筹备考务，窦太师提前来到了绍兴。

这个窦太师，自以为文章才学压倒天下人，非常傲慢。他每次游街过市，都会让人扛着一块御赐金牌走在前面，上面写着六个大字：天下无书不读。无论是随从还是他本人，都一副耀武扬威的样子。

年仅十几岁的徐文长看到窦太师的样子，便决定给他一个下马威，把他的御赐金牌给摘下来。

这一天，天气非常炎热，毒辣辣的太阳当空照着。徐文长光着上身，躺在绍兴城东郭门内的官道正中。

"喤……喤……"鸣锣开道的声音越来越近，徐文长依旧躺在路中间一动不动。头牌执事看到之后，便跑过去禀告道："太师，有一个小孩子躺在路中间挡道，要不要赶走他？"

窦太师一听是个小孩子，便不以为意，吩咐停下轿子，决定下去一看究竟。

窦太师来到徐文长跟前，发现他此刻还在呼呼大睡。一旁的衙役觉得这小孩太不像话，便上前叫醒了他。徐文长一副刚刚醒来的样子，看到窦太师，忙施礼致歉，恭敬地说："小人在此酣睡，没听见锣鼓声响，并非有意阻挡大人的路，请大人恕罪。"

窦太师见这个孩子颇为知书达理，便不再计较他阻挡道路一事，而是问他："你睡在这大路中间做什么？不怕太阳晒吗？"

徐文长说："我睡在这路中间的石板上，就是为了晒一晒肚皮里的万卷书。"

窦太师心想，这孩子刚刚还知书达理，怎么突然又如此狂妄，便有点不悦地说："既然你口气这么大，我就给你出个对子，你要是对不上来，就立刻给我闪开，别挡我的路。"

徐文长听了，反问道："如果我对得上来，大人怎么办？"

窦太师心想，一个小毛孩子能有什么能耐，便随口说道："如果你对得好，我就把全部衙役执事留在这里，步行回府！"

徐文长一听，立刻点头答应道："请大人出题。"

窦太师捻须一想，想起绍兴南街有三个阁老台门，便出题道："南街三学士。"

徐文长听后，立刻不假思索地回道："东郭两军门。"

窦太师一听，南街对东郭，文官对武将，而且南街和东郭这五个台门，都是绍兴城里出了名的，不由得暗暗服气。但他还有些不甘心，准备再考考他，便说："我再给你出上一对，你可敢答？"

徐文长回答道："大人尽管吩咐，不要说一个，就是十个百个，小人也一概从命。"

窦太师这下好好琢磨了一番，想了一个连环对来难为徐文长："大善塔，塔顶尖，尖如笔，笔写五湖四海。"

徐文长略一思索，即对道："小江桥，桥洞圆，圆似镜，镜照山会两县。"

这大善塔和小江桥，都是绍兴城的南朝古物，小江桥恰恰造在两县的分界河旁，桥洞的两面正对着山阴、会稽两县。这个对子毗连得奇妙，对得十分妥帖，窦太师听后禁不住点头称赞："不错不错，你真是个奇才呀！"

徐文长施礼拜谢，然后故意问窦太师道："敢问大人，您那块金牌上的六个大字，作何解释？"

窦太师听他问起金牌，当即得意地说："当今圣上知道我阅遍天下书卷，因此御赐这块'天下无书不读'的金牌！"

徐文长听完问道："那么请问大人，《时宪书》你可读过？"

这《时宪书》，就是《万年历》，也称《通书》。窦太师不仅没读过，连听都没听说过，不禁目瞪口呆。

徐文长见时机已到，便把早已准备好的《时宪书》取出来，递给窦太师说："大人没读过，小人倒会背。"

紧接着，徐文长便背诵起来，背得又流利，又熟练。

这窦太师也不是等闲之辈，他有过目不忘的本领，等徐文

128

长背完，他也会背了。但是徐文长还能倒着背，这窦太师便不会了。

徐文长见状，问窦太师道："大人既然有书未读，背书不熟，这块金牌又该如何处理？"

窦太师只得回答道："那当然对我就不适用了……"说完转身尴尬地走了。

转眼到了开考的时日，就在各位考生考完交卷之后，这位自以为学富五车的窦太师，又想刁难大家了。他吩咐下来，让大家暂时不要退场，他想出一个上联考考绍兴的才子。

窦太师的上联是："宝塔圆圆，六角八面四方。"

诸位考生听后，一个个面面相觑，都想不出好的下联。窦太师在台上连连催促，考生们一个个抓耳挠腮，都举着一只手托着头摇来摇去，不敢看窦太师。窦太师发现徐文长也坐在下面，举着手摇来摇去。这下窦太师得意了，他冷笑着说："绍兴果然多才子，一个对子变呆痴！"

窦太师正准备扬长而去，徐文长突然站起来高声道："太师大人，您弄错了，其实我们都对出来了，只是碍于考场规矩，不便你争我抢，闹成一片，所以只是做了一个暗语。"

"什么暗语？"窦太师不解地问。

"太师请看，"徐文长说，"我们每个人都举起一只手摇来摇去，这下联就是：玉手尖尖，五指三长两短。您觉得这个下联怎么样？"

窦太师听完之后，顿时惊讶地呆在那里。

从此以后，这个窦光鼐太师进出府门的时候，只有鸣锣开道，再也不敢打出"天下无书不读"的御赐金牌了。

聪慧的巧姑

　　从前，有一个聪明又能干的老员外，名叫张古老。他有四个儿子，老大、老二、老三都已经娶了媳妇，只有小儿子还没娶亲。四兄弟没有分家，一大家子在一起过日子。

　　张古老在当地算是大门大户，家产颇为丰厚。家大业大，每天需要操持的事情自然不少。随着年纪一天天变大，张古老越来越觉得力不从心，便想着从几个儿媳妇里挑一个头脑灵活的负责管家。

　　可是，老四暂时还未婚，老大、老二、老三的媳妇都半斤八两，没有一个看上去特别聪明的，究竟该选谁呢？张古老一时拿不定主意，决定考考她们。

　　这一天，他把三个儿媳妇都叫到跟前，说："你们都很久没回娘家了吧？今天，我就让你们都回娘家去。"

三个儿媳妇一听，都高兴极了，连忙问公公准备让她们回去多久。

张古老说："大媳妇回去三五天，二媳妇回去七八天，三媳妇回去半个月。记住，我有一个要求，你们必须同一天走，同一天回来。"

三个儿媳妇只顾着高兴，也没细想，便答应了下来。

张古老看她们都答应了，便接着说："往常你们回去，都会带些东西孝敬我，我理解你们的孝心，但你们每次带的东西其实都不称我的意。这次你们回去，不如就按我要的带吧。"

三个儿媳妇一听，连忙说："爹爹想要什么，只管吩咐就是了。"

张古老说："你们回来时，大媳妇给我带两只无桨之船，二媳妇给我带两只无脚团鱼，三媳妇给我带两团纸包火。好了，你们去吧！"

三个儿媳妇收拾好东西，一起从家里出来。走在路上的时候，三个人开始琢磨公公的交代，越想越不对劲。

她们三个人，一个去三五天，一个去七八天，一个去半个月，这同一天走容易，如何才能同一天回去呢？还有公公要求她们带的东西，什么无桨之船、无脚团鱼、纸包火，听都没听说过，又如何带来呢？三个人越琢磨越发愁，之前的兴奋劲儿都没了。一直走到她们要分开的岔路口，还是没想出个所以然。最后，她们蹲在河边，呜呜地哭了起来。

哭声惊动了在河边洗衣服的一个姑娘。她走过来，问张古老家的三个儿媳妇："三位姐姐，你们在这里哭什么呀？"

三个人便把事情的原委一五一十地告诉了这个姑娘。

姑娘听完之后，笑着说："姐姐们不要难过了，这个问题很简单呀！你们看，你回去三五天，这三五不就是十五吗？你回去七八天，这七加八也是十五。你回去半个月，这半个月当然也是十五天啦。所以呀，你们都是回去十五天，同一天回去，自然也能同一天回来了呀！"

三个人一听，顿时恍然大悟："原来如此！姑娘，你真是太聪明了！那么，你能不能告诉我们，这无桨之船、无脚团鱼和纸包火都分别是什么吗？"

姑娘略作思索，笑着说："这个也很简单！这无桨之船，不就是木屐吗？两只无桨之船，就是让你带一双木屐呀！这无脚团鱼，就是豆腐呀！还有纸包火，就更简单了，是灯笼呀！"

三个人一想，还真是这样！顿时破涕为笑，向姑娘连连道谢，高高兴兴地各自回娘家去了。

半个月之后，三个儿媳妇同时回到夫家，她们拜见了公公，并带来了他要的东西——大儿媳妇带来一双木屐，二儿媳妇带来两块豆腐，三儿媳妇带来一对灯笼。

张古老一看，这三个儿媳妇回来的日子都对，带来的东西也对，不由得暗暗称奇，便问她们："这些都是你们自己想出来的吗？"

三个儿媳妇也不隐瞒，实话实说道："爹爹，我们哪有这么大的本事呀，是我们在河边遇到一个姑娘，她可真聪明，一下子就把您出的这些难题全答上来了。"

张古老听了，顿时对这个姑娘充满好奇，心想："正好我家老四还没娶亲，要是这样的姑娘能给他当媳妇，由她来管家，那该多好呀！"

于是，他四处打听，那天在河边洗衣服的姑娘到底是谁。很快，街坊四邻便告诉他，那是王屠户家的女儿，名叫巧姑，小姑娘的聪明伶俐远近闻名。张古老听说之后，决定先去会一会这个巧姑。

这天，趁着巧姑一个人在肉铺，张古老走了过来。

巧姑一看来客人了，笑着问："老人家，您想要点什么？"

张古老说："我想要皮贴皮、皮打皮、瘦肉没有骨头、肥肉没有皮。"

巧姑听完，什么话也没说，径直到案板那边去了。不大一会儿，她就拿来了四个荷叶包，整整齐齐地放到张古老面前。

张古老一看，这四样东西分别是：猪耳朵——皮贴皮，猪尾巴——皮打皮，猪肝——瘦肉没有骨头，猪肚子——肥肉没有皮。竟然一样都不差，一点都不错！

张古老高兴地点了点头，心想："这才是我想要的儿媳妇呀！"

张古老回去之后，马上请了媒人，去找王屠户说亲。张家是当地的大户人家，张古老的四儿子也是一个好小伙子，王屠户和女儿商量之后，便答应了下来。

不久之后，两家选了个好日子，让张家的老四和巧姑成了亲。得到这么聪慧的一个好儿媳，张古老很是高兴，他吩咐下去，张灯结彩，婚礼办得隆重而热闹。

没想到的是，在摆宴席的过程中，闹出了一个插曲。婚礼当天，厨房里正在忙碌，突然，一只黄猫跳上了灶台，叼起一条鱼就要跑。切菜的厨子一看，举起手里的刀便挥了过去，一下子就把猫砍死了。

第二天，住在张古老家隔壁的一个老婆子找上门来，要张家赔她的猫。一只猫原本不是什么大事，但这个老婆子不是一般人，她是这一带出了名的疯婆子，既小气又不讲理。她听说张古老家的厨子打死了她的猫，便张口索要三千两银子。

张古老一听，当即问道："一只猫哪里值三千两银子？"

疯婆子说："我这猫可不是一般的猫，它白天能捉玉老鼠，晚上能给我拖来金元宝。有人出价三千两我都没舍得卖，现在让你赔三千两已经是便宜你了！"

张古老听了，只得先赔着笑脸说："阿婆你先消消气，三千两可不是小数字，你先回家去，我们想想办法吧。"

疯婆子走后，张古老把一家人都叫到跟前，将刚才的事情从头到尾说了一遍，然后问大家："这疯婆子蛮不讲理，你们可有什么好办法对付她？"

四个儿子你看看我，我看看你，谁都没什么好办法。

老大、老二、老三的媳妇你看看我，我看看你，更是束手无策。

刚被娶进门的巧姑见哥哥嫂子都想不出什么主意，这才对张古老说："爹爹，我来试试吧。"

张古老眼前一亮，忙问道："巧姑，你有什么好办法吗？"

巧姑说："爹爹，你先告诉我，这个阿婆跟我们做邻居这么多年，有没有借过我们什么东西没还？"

"当然有！"没等张古老回答，大儿媳就抢先说道，"前些天她还借了我们一个饭勺，说是掉到灶台里面烧掉了。"

"这就好办了。"巧姑笑着说，"爹爹，明天就把邻居阿婆请过来吧，我自有办法。"

第二天一早，没等张家去请，隔壁的疯婆子便找上门来，说是来取她的三千两银子。

巧姑笑吟吟地拉着她的手，先请她坐下，然后说："阿婆，既然您说您那只猫是宝猫，这三千两银子我们一定赔给您，就算是卖房卖田，我们也不会少您一分。"

疯婆子听完巧姑的话，当即高兴得合不拢嘴。

巧姑接着说："对了，阿婆，我大嫂说前些天您用了我家一个饭勺子，有这回事吗？"

"有，有。那饭勺子是木头的，被我不小心掉进炉灶里烧了。"疯婆子笑眯眯地说，"不过你不用担心，等你们把那三千两银子给我，我赔你们一个银勺子都行。"

"银的就不用了，您就把原先那把赔给我就行。"巧姑说，"我们那把勺子呀，可是一件传家宝，是用千年沉香木做的，比黄金还宝贵哪！只要把它往空锅里一放，这锅里马上就能生出满满一锅香米饭！我听爹爹说，前些日子有人出价六千两银子要买，我爹爹都不肯卖呢！既然您不小心把它烧了，原样赔一个看来是不可能了，这样吧，大家都是邻居，我们就吃个亏，您赔我们六千两银子就行。您那只猫不是值三千两吗？那就给您减掉，您再给我们三千两就行了！"

疯婆子一听，一下子跳了起来："丫头，你可别瞎说，天底下哪有值六千两银子的饭勺？"

巧姑笑道："阿婆，这天底下既然有值三千两银子的猫，怎么会没有值六千两银子的饭勺呢？您看看是给我们现钱呢，还是先打个欠条？给现钱的话，我们现在就派人去您府上取；打欠条的话，您可不能把时间拖太久哦。"

疯婆子哪还敢再要那三千两银子，连忙头也不回地溜了。从此以后，她经过张家大门都绕着走，生怕人家找她要钱。

张古老一家都在一旁看着，一个个都对机智的巧姑佩服不已。尤其张古老，高兴得红光满面，当即宣布把管家大权交给四儿媳巧姑。

巧姑果然不负所托，治起家来井井有条，全家上下各司其职、各尽其责，张家的家业也越来越兴旺。一年之后，巧姑还给张家生了一个大胖小子。

这天，张古老从朋友家喝酒归来，看见家里上上下下井然有序，不管是家人还是长工、仆人，都在各自忙碌，脸上充满朝气，一派欣欣向荣的景象。他心中欢喜，趁着几分醉意，挥笔在大门上写了一副对联：百代常知足，万事不求人。

让张古老想不到的是，这副对联很快给他带来了麻烦。

有一天，当地的知县坐着轿子从张家门前经过，刚好看到了门上的这副对联。知县老爷心想："这一家人真是好大的胆子，敢说出这样的大话，我倒要看看你是如何万事不求人的。"

于是，知县命人把张古老带到跟前，对他说道："既然你自称万事不求人，想必有大本事，那本官就考考你，限你三日之内寻来三样东西，要是寻不来，本官可要治你的罪！"

张古老连忙问道："请问老爷，是哪三样东西？"

知县说："第一样，是公牛生的牛犊；第二样，是能灌满大海的清油；第三样嘛，是能遮天的黑布。这三样东西，缺一不可。三日之后，本官来取。"说完，知县便坐着轿子走了。

张古老自认为平日里还算聪明，这下也犯了难。知县所要的三样东西，每一样都比登天还难。张古老不禁暗暗发愁，后悔自己不该酒后犯浑，说下大话，结果被人家抓住了把柄。

这时，巧姑看到张古老愁眉不展，便问道："爹爹，您老有什么心事吗？不妨说给孩儿听听，看看孩儿能不能帮您。"

张古老叹了口气，把自己夸下海口结果被知县刁难的事情告诉了巧姑。

巧姑说:"爹爹不必忧虑,三日之后,就由孩儿来应对知县老爷吧。"

三日之后,知县果然如期而至。他一进张家大门,便问道:"张古老呢?"

巧姑深施一礼,不慌不忙地回答:"禀大人,我爹爹没在家。"

"什么?"知县不悦地说道,"他明知本官今日要来,竟然逃走了?"

巧姑说:"我爹爹没逃,他是生孩子去了。"

"胡说!"知县道,"这世上只有女人生孩子,哪有男人生孩子的?"

巧姑说:"既然大人知道男人不能生孩子,那公牛又怎么可能生牛犊呢?"

知县一听,知道自己理亏,便说:"那好,这一样便不让他办了,其他两样呢?"

巧姑说:"请大人说一下第二样是什么?"

"灌满大海的清油。"

"这个好办,不过先请大人把大海抽干,我们才好往里面灌清油。"

"这……大海那么大,如何抽得干呢?"

"既然抽不干,海里都是水,油又往哪里灌呢?"

知县一下子哑口无言，脸涨得通红，只得说道："好吧，这第二样也不要了，还有第三样，你们准备好了吗？"

巧姑说："请说第三样。"

知县说："遮天的黑布。"

巧姑说："请问大人，天有多宽、多长、多高？"

"我怎么会知道天有多宽、多长、多高呢？"

"既然不知道天的长宽，我们又如何去扯布呢？"

这下知县彻底没话说了，他转身钻进轿子里，灰溜溜地走了。

从此以后，张家的这个巧媳妇，更加远近闻名了。

鲁班学艺

从前，在一个叫鲁家湾的地方，有一个鲁木匠，鲁木匠有一个儿子叫鲁班。

鲁班从小就很聪明，跟他的父亲一样，非常喜欢做木工。他每天跟在父亲身后，看着父亲干活，跟着一块儿学习。父亲做了个大柜子，他就跟着做个小柜子；父亲做了条大板凳，他就跟着做条小板凳。鲁班十岁的时候，做出来的东西就跟父亲做的没什么两样了。父母看他这么有出息，非常高兴，邻居们见到他也都夸他是天才。

有个邻居对鲁班的父亲说："你家孩子这么有天分，可不能埋没了呀，得给他找个名师，好好学学手艺。"

鲁班的父亲经多方打听，得知终南山上有一位老木匠，手艺高强，赛过天上的神仙。夫妻俩便暗下决心，要让自己的孩子去终南山拜师学艺。

一转眼，鲁班十二岁了。这一天，父亲牵出来一匹马，拿出来一卷行李和一包银子，对鲁班说："孩子，爹娘辛苦一辈子，为你买了这匹马，攒下这些路费，你去终南山拜师学艺吧，千万别辜负了爹娘的期望！"

鲁班拜别了父母，骑上马向西方奔去。这终南山是西方的一座大山，据说有一万里远。鲁班骑着马，越过一座座山，跨过一条条河，走过不知多少城镇和村庄，足足走了三十天，前方终于出现了一座高耸入云的大山。鲁班心想，这里恐怕就是终南山了。

可是，这么大一座山，山脚下有无数条道路，远远望去，密密麻麻的，跟迷宫一样，究竟该走哪一条呢？

正在发愁的时候，鲁班看到山脚下有一座小房子，门口坐着一个纺线的老婆婆。他下了马，走上前去深施一礼，问道："老人家，我要去终南山拜师学艺，前面这么多路，该走哪一条呢？"

老婆婆说："前面一共有九百九十九条路，正中间那条就是。"

鲁班连忙拜谢。他来到山前，从左边数四百九十九条，又从右边数四百九十九条，找到最中间的那条路，打马向山上走去。

鲁班来到山顶，看到树林中有三间平房。他推门进去，看到满地都是破烂的斧子、刨子、凿子，几乎没有下脚的地方了。屋子里面有一张床，床上躺着一个白胡子老头，正在那里呼呼大睡，呼噜打得震天响。

鲁班心想，看样子，这位老师傅就是那位精通木工的活神仙了。他轻手轻脚地忙碌起来，先把地上的工具收拾得整整齐齐，又把屋子打扫得干干净净，然后规规矩矩地坐在一旁，等候老师傅醒来。

这一等就等了大半天。一直到太阳快要落山了，老师傅才睁开眼，从床上坐了起来。

鲁班连忙上前，跪在地上说："师父呀，请您收下我这个徒弟吧！"

老师傅看了看屋子，又看了看鲁班，问道："你叫什么？从哪里来？"

鲁班说："我叫鲁班，从一万里外的鲁家湾来。"

老师傅说："好。我可以收你为徒，但有个前提——我要考你几个问题，你若能答上来，我就收你，答不上来，你就从哪里来回哪里去吧！"

鲁班说："晚辈愿意受教。哪怕今天答不出，明天也会再答。哪天答上来了，师父就哪天收我吧。"

老师傅听完微微一笑，捋了捋胡子，说出了他的第一个问题："普普通通的三间房子，有几根大柁？几根二柁？多少檩子？多少椽子？"

鲁班听完，不假思索地回答道："普普通通的三间房子，有四根大柁，四根二柁，大小十五根檩子，二百四十根椽子。五岁的时候我就数过，师父看对不对？"

老师傅点了点头，接着问道："同一样手艺，有的人三个月就能学会，有的人却要三年才能学会，他们有什么不同？"

鲁班想了想，回答道："学三个月，手艺扎根在眼里；学三年，手艺扎根在心里。"

老师傅听了，又微微点点头，提出了第三个问题："有两个徒弟学成下山，师父送他们每人一把斧子。大徒弟用斧子挣了一座金山，二徒弟用斧子在人们心里刻下了一个名字。你愿意做哪个徒弟？"

鲁班说："第二个。"

老师傅听完哈哈大笑，对鲁班说："好，我收下你这个徒弟了。不过，你看看我的这些工具，都已经五百年没有用过了，你先拿去修理修理吧。"

鲁班拿起之前收拾的那些工具一看，不是斧子崩了口、刨子生了锈，就是凿子没了刃，没有一个能用的。鲁班找来一块厚厚的磨刀石，开始磨起这些工具来。他从白天磨到晚上，又从晚上磨到白天，磨得胳膊又酸又疼，磨得双手起了血泡。磨了整整七天七夜，厚厚的磨刀石都快从中间磨断了，终于把斧子磨快了，刨子磨光了，凿子也磨出刃了，一件件工具都闪闪发亮。

鲁班把磨好的工具一件件拿给师父看，师父点了点头，说："先试试你磨的斧子吧。看见门口的那棵大树了吗？它长了有五百年了，你去把它砍倒吧。"

鲁班提着斧子，来到大树下。这棵树可真粗呀，几个人手拉手都抱不过来。抬头去看，树梢都快插到云彩里了。他没想那么多，抡起斧子就开始砍。从白天砍到晚上，又从晚上砍到白天，足足砍了十二个日夜，终于砍倒了这棵树。

鲁班拿着斧子去找师父，师父说："再试试你磨的刨子吧。你先用斧子把树枝都砍掉，然后用刨子把树干刨光，要刨得没有一根毛刺，圆得像十五的月亮。"

鲁班带着斧子和刨子，来到大树跟前。先用斧子砍掉它的树枝，每一根树枝都比一般的大树还要粗。砍完树枝，他便开始用刨子把树皮刨掉，把节疤刨平，足足干了十二个日夜，终于把整个树干刨得又光又圆。

鲁班拿着斧子和刨子去找师父，师父又对他说："再试试你磨的凿子吧。在你刚刚刨好的那棵树上，凿两千四百个眼，要六百个圆的、六百个方的、六百个三角的、六百个扁的。"

鲁班带着斧子和凿子，再一次来到大树跟前，开始没日没夜地凿起来。他不停地凿呀凿呀，凿得木屑乱飞，凿得叮叮当当的敲击声在群山之间回荡。整整凿了十二个日夜，终于把两千四百个眼全都凿了出来——六百个圆的，六百个方的，六百个三角的，六百个扁的。

鲁班拿着斧子和凿子去找师父，师父满意地笑了，对鲁班说："好孩子，我一定把自己的手艺都教给你，跟我来吧。"

师父带着鲁班，来到另一间屋子里。一进房间，鲁班的眼睛顿时睁得很大，震惊得嘴巴都合不上了。原来，这间屋子里摆满了各式各样的模型，有亭台楼阁，有高塔桥梁，还有桌椅箱柜，一个个做工精美、技法精湛，鲁班看得入了迷。

师父说："你把这些模型全部拆开，再一个个装起来，要做到能恢复如初。"

从此以后，鲁班便如痴如醉地留在了这间屋子里。无论吃饭还是睡觉，他都不愿意离开。他每天都拿着一个个模型细细端详、研究，翻来覆去地看，直到完全琢磨明白了，再去拆开，然后一点点装上，恢复原状。他把所有的模型都拆了三遍又装了三遍，才向师父禀告自己都掌握了。

一转眼，三年过去了，鲁班每天都在跟着师父学手艺，没有偷过一天懒。这一天，鲁班走出房门，看见外面燃起了熊熊大火，仔细一看，火堆里全是那些精致的模型。他惊叫一声，提着水桶就要去灭火，师父却拦住了他。

"这些是我故意烧掉的，你不必去救。"师父说。

"为什么要烧掉它们？"鲁班不解地问。

"我要你把它们再重新给我做出来，一件都不能少，一点都不能差。"

鲁班一听，马上明白了，这是师父又在考自己了。他马上

开始动手，凭借着自己的记忆，一件一件地把那些模型全都做了出来。最后做得一件都不少，而且跟原来的一模一样。

师父满意地点点头，又向鲁班描述了一些他之前从未见过的模型，让他按照要求去做。鲁班一边琢磨一边做，最后全都按照师父的要求做了出来。

师父脸上露出了欣慰的笑容，他对鲁班说："鲁班，你的手艺已经学好了，可以下山了。"

鲁班连忙说："不行呀师父，我觉得我的手艺还不够精，我想再学三年！再说，我也舍不得您呀！"

师父笑着说："学习是一辈子的事情，你以后记得要边做边学，我能教你的已经全教给你了。你磨的斧子、刨子、凿子，我都送给你，你带上走吧。"

鲁班知道师父是不留自己了，哭着问师父："师父对我恩重如山，我给师父留点什么才好呢？"

师父笑道："师父什么都不需要，你以后只要别丢师父的脸，为师也就知足了。"

鲁班含泪拜别师父，走向了下山的路。他一生都铭记着师父的教诲，用师父留给他的斧子、刨子、凿子，给人们造了无数的房屋、桥梁、机械、家具，还带了不少徒弟。他不仅手艺高超，还品德高尚，做了不少好事。后世的人们为了纪念他，都把他尊为"木工的祖师"。

聚宝盆

相传明朝的时候，在一个叫潘村街的地方，来了一户逃荒的人家。丈夫叫华良，妻子叫梁花，他们推着一辆独轮车，车上放着一些破旧的行李和坛坛罐罐，还坐着他们的两个儿子，一个四岁，一个两岁。

据说，他们的家乡发生了灾荒，饿死了很多人。他们一路乞讨，来到潘村街，看到这里的财神庙是空着的，虽然年久失修，但毕竟可以遮风挡雨，一家人便把财神庙好好打扫一番，在山墙下面垒了灶台，在偏殿里用木板支了床，就这样在庙里安顿下来。

华良本来就是个踏实能干的人，还有一身使不完的力气。在财神庙安家没几天，就在潘村街的潘老爷家当上了伙计。梁花呢，手艺精巧，做得一手好面食，无论是和面做馒头，还是擀面切面条，都十分拿手。

有一天，潘老爷家待客，梁花前去帮忙，蒸了几屉馒头，大伙儿便一下子见识了她的手艺。凡是吃了她蒸的馒头的，没有一个不伸大拇指叫好。从此以后，便经常有街坊邻居找梁花帮忙做馒头。时间长了，街坊们也不好意思白白麻烦她，每次她帮完忙，都会给她一些米面作为感谢。

后来，有人向梁花建议，不如自己开个馒头铺，街坊邻居肯定都愿意来买。梁花跟华良一商量，觉得可以试试，便在庙门口支了个摊，卖馒头和面条。街坊们如果不想花钱买，拿米面换也可以。由于梁花做的面食味道没得说，价格又公道，来照顾她生意的人便越来越多了。原本荒废冷清的财神庙，又开始热闹起来，华良和梁花一家的日子也越来越好了。

华良和梁花觉得，一家人走到今天不容易，这个财神庙给他们带来的福运不浅，便找人把大殿里破损的神台、神像都用心地修补了一番，看上去跟新的一样。来来往往的人看到了，便会进去拜一拜，时间长了，财神庙的香火也旺了起来。

一天夜里，华良做了一个梦，梦见一个白胡子老头，看上去仙风道骨的样子。老头说："华良呀，你们两口子都是好心人，我要送给你们一个宝贝。"

华良奇怪地问："什么宝贝？"

"就是它。"老头说着，拿出一个瓦盆递给华良，"别看它其貌不扬，它可是一个聚宝盆呀！以后你们夫妻记得要好好用它——用得好，全家幸福；用不好，家破人亡。切记，切记！"

华良有些诧异，伸手去接瓦盆，刚一碰到，就醒了过来。他把刚才的梦说给梁花听，梁花也觉得奇怪。但毕竟就是一个梦，两口子也并没有太往心里去，琢磨了一会儿，又继续睡觉了。

第二天一早，潘老爷吩咐华良，让他去耕田。华良来到田地里，把牛套好，赶着牛下了地。往前走了没多久，铁犁下传来一声脆响，一个东西从泥土里被翻了出来。华良捡起来一看，是一个灰色的瓦盆，盆沿上还有一些细密的花纹。这个时候，他猛然想起，这个瓦盆跟他昨晚梦中见到的居然一模一样——难道是梦里的事情应验了吗？

晚上回到家里，华良把瓦盆拿给梁花，高兴地说："你看，昨天晚上我刚梦见一个老神仙要送我一个宝贝，今天我就在地里捡到了这个，难道这真的是个聚宝盆？"

梁花拿过瓦盆，细细端详了半天，对华良说："这跟普通的瓦盆也没什么区别呀，梦里的事情，你还能当真？"

华良说："是真还是假，我们试试不就知道了。"说着，他随手从旁边的袋子里抓了一把黄豆，放到瓦盆里。只见瓦盆里泛起一层雾气，紧接着，盆里的黄豆越来越多，很快便堆了满满一盆。

华良震惊得眼睛都睁大了，他把盆里的黄豆倒到袋子里，又抓一把进去，很快，盆里又生出了满满一盆黄豆。华良一连试了三次，变出了满满三盆黄豆。这下，他们两口子终于相信，眼前这个不起眼的瓦盆，真的就是一个聚宝盆。

华良还想继续变，被梁花拦住了，她说："你忘了昨天在梦里，那个老神仙对你说的话了吗？"

华良问："什么话？"

梁花说："老神仙不是跟你说，这东西用得好能全家幸福，用不好会家破人亡。我们现在有了这个宝贝，如果每天都这样不劳而获，我总觉得不踏实，弄不好还会给家里带来灾祸！"

华良觉得有道理，可转念一想，既然神仙把这个宝贝给了自己，总不能一直放在那里吧。梁花看出了他的心思，说："我们以后只用这个宝贝变米变面，不变别的财物。这样既能改善生活，又不至于完全不劳而获，你看怎么样？"

华良一听，觉得梁花很懂得分寸，当即点头同意。从此以后，他们家虽然有了这个聚宝盆，却只是用它来变米和面。华良还是继续去潘老爷家当伙计，梁花则继续卖馒头和面条。只不过，他们家的面粉倒是再也不用去买了。日子一天天过去，华良一家越来越富足，生活自然也越来越幸福。

一天晚上，华良按捺不住好奇，趁着梁花睡着了，悄悄在聚宝盆里放了一个铜钱。第二天早上，梁花看到了满满一盆铜钱。她知道这肯定是华良干的，当时就来了气，把华良从被窝里拽出来，满脸怒气地问他："你是想要钱，还是想要咱们一家人的平安？"

华良憨笑着说："当然是一家老小最重要了，媳妇别生气，我只是一时好奇，以后再也不会了。"

梁花说："那好，既然已经变出了这些钱，我们也不能浪费，就用它们请几个好工匠，把财神庙再修整一下吧，给财神爷镀一个金身，也算是表达一下我们对他的感激之情。"

华良依照梁花的交代，把财神庙重新修缮了一遍。从此以后，他再也没动过用聚宝盆变出钱财的心思，两口子依旧勤勤恳恳地过日子。

一转眼，好几年过去了。华良和梁花在财神庙的东面盖了三间像样的房子，一家人算是有了一个像样的家。这一年，这一带发生了百年不遇的蝗灾，方圆几百里的庄稼颗粒无收，没有了粮食，很多人只能靠吃野菜树皮充饥。没过多久，连野菜树皮都被人吃光了。

华良和梁花对那些受灾的人们感同身受，多年之前，他们也是遭受天灾之后从家乡逃难出来的。因此，他们很清楚，如果灾情再这样发展下去，一定会饿死很多人。于是，梁花向华良提议："既然我们有聚宝盆，现在就应该把它拿出来，多变出来一些吃的，去接济那些受苦的人。"

第二天天不亮，梁花就起来了。她蒸了一笼雪白的馒头，然后拿出一个放到聚宝盆里，很快，盆里便生出了一盆馒头。她把盆里的馒头拿出来，又继续变，就这样，一盆又一盆的馒头被她变了出来。

梁花让华良准备了好几个大箩筐，把变出来的馒头全都放到箩筐里。等到天亮时分，几个大箩筐里已经装满了馒头。

夫妻二人带着两个儿子，挑着馒头，来到路口，向过往讨饭的人发放馒头。灾民们手里捧着馒头，对华良一家感激不尽。华良一家则坚持每天都接济灾民，一直到灾情过去。

两个儿子看到父母每天都能拿出这么多馒头救济灾民，都感到奇怪。好在他们年纪不大，梁花三言两语便哄过了他们。但她也知道，随着孩子年龄的增长，早晚有一天是骗不过他们的。于是，她跟华良约定，把聚宝盆先藏起来，不让两个儿子发现，他们希望孩子们将来都能依靠自己的双手，勤勤恳恳地过日子。

时光流转，几十年过去了。华良和梁花都老了，他们的两个儿子也都成了家。老大在街上开了家饭馆，老二则继承父业，耕种着十几亩田地。

这一天，梁花突然生了一种怪病，卧床不起，话也说不出来。华良急得团团转，找了不少大夫来看，梁花的病情都没有好转。梁花知道自己快不行了，心里最放不下的还是那个聚宝盆。她了解自己的两个儿子和媳妇，他们一旦得知聚宝盆的事情，肯定会经受不住诱惑，变得贪得无厌，反而会招来灾祸。

梁花把华良叫到床前，比画着手势向他交代后事。她想告诉华良，老大有饭店，老二有田种，日子都过得去，那个聚宝盆，不如还埋到地下，哪里来的到哪里去。可是华良会错了意，他以为梁花在告诉他，两个儿子日子过得都不容易，不如把聚宝盆先留着，以备将来他们有不时之需。

梁花去世后，华良把两个儿子叫到跟前，给他们分了家产，让他们各自过起了日子。大儿子继续开饭店，二儿子继续种田，两家子虽然不是非常富裕，但日子过得都挺滋润。

没过几年，年迈的华良身体也不行了。临终前，他把两个儿子叫到跟前，告诉了他们聚宝盆的秘密，交代他们一定要收好聚宝盆，当成家里的传家宝。他还把当初梦中老神仙的忠告转述给两个儿子，嘱咐他们不到万不得已，千万不要随便使用聚宝盆。说完这些话，华良就去世了。

两个儿子一听说有这么神奇的宝贝，都想据为己有。经过几番争论，最后商量出一个办法，由两家轮流保管聚宝盆，每家一天，由老大先拿回去保管。

老大两口子兴奋地抱着聚宝盆回了家。一到家，他们就赶紧把门从里面拴牢，拿出家里的银子，放了一锭在盆里。转眼间，盆里便生出满满一盆银子。两口子激动得两眼放光，赶紧把盆里的银子倒出来，接着又变出一盆。就这样，一盆接着一盆，屋里已经被银子填满了，两口子还在不停地变，不停地倒，不停地往地上堆着银子。最后，聚宝盆已经陷到了银子堆里，无数的银子从盆里源源不断地冒出来。突然，只听见轰隆一声，银子把房子的四面墙都撑破了，屋顶塌了下来，老大两口子被硬生生地埋到了银子堆里。

第二天一早，老二便去找老大要聚宝盆，过去一看，老大家已经房倒屋塌。他连忙找人过来帮忙，在废墟里挖了半天，找到老大两口子时，两个人早断了气。老二还在挂念着那个聚宝盆，最后找到的时候，只剩下几块残片，已经碎得不成样子。在聚宝盆的碎片里，还留着老大两口子当初放进去的那一锭银子。至于变出来的那些铺天盖地的银子，全都没了影子。

　　这个时候，老二才终于明白，当初老神仙交代的话——这聚宝盆，用得好全家幸福，用不好家破人亡。看来的确是这样。以后，还是踏踏实实地过日子吧。

九色鹿

　　很久以前，在一片茂密而秀美的山林里，生活着一只美丽的鹿。它头上长着两只雪白的角，身上长着色彩鲜艳的毛，毛色一共有九种，看上去漂亮极了，人们因此称它为九色鹿。

　　这一年夏天，连日的暴雨引发了山洪，一时间河水猛涨。九色鹿像往常一样来到河边，发现河水波涛汹涌、水流湍急，看上去有点可怕。

　　突然，几声"救命"从远处传来，顺着声音看去，九色鹿发现有一个人正在河水中挣扎，眼看就要被洪水卷走了。九色鹿见状，当即跳入河中，游到那个落水人身边，让他抓住自己的角，骑到自己的背上，然后背着他游到岸边。

　　落水人对九色鹿感激不尽，他跪在九色鹿面前，一边叩首一边说："神鹿呀，谢谢您的救命之恩，如果不是您，我今天肯定没命了。为了报答您，我愿意当您的奴仆，一辈子听您的调遣……"

九色鹿说："我冒险救你，是因为我不忍心见死不救，并不是想要得到你的报答，更不想让你当我的奴仆。不过，如果你真想报答我，就答应我的一个要求吧。"

落水人说："什么要求？您说吧。"

九色鹿说："我生活在这片山林里，自由自在，没人打扰。希望你回去之后，不要向任何人透露我的住处。你如果能做到这一点，就算是对我最大的回报了。"

落水人一听，连忙满口答应。他跪在地上郑重起誓，回去之后绝不向任何人透露九色鹿的住处。九色鹿欣慰地点点头，便同落水人告别了。

落水人回去之后没多久，他所在的这个国家的王妃就做了一个奇怪的梦，她梦见一只美丽的鹿，鹿身上有九种鲜艳的毛色。王妃是一个十分爱美的人，她突发奇想，如果用这只鹿的皮毛做成衣服，穿到身上，一定会非常漂亮！于是，她当即缠着国王，让他一定要想办法找到这只九色鹿，然后把它捉来做衣服。国王没办法，于是在全国发布告示，如果有人知道这只九色鹿的下落，就赏给他无数的金银财宝。

国王的告示很快传到落水人的耳朵里，他听到国王的悬赏，顿时心花怒放，觉得自己发财的机会来了。他马上出发前往皇宫，要向国王报告九色鹿的住处。当初在九色鹿面前信誓旦旦的承诺，早就被他抛在脑后了。

国王听完落水人的报告，非常高兴，当即调集军队，让落水人带路，向九色鹿所在的那片山林进发。

落水人走在最前面，带着国王和他的军队进入山林。原本秀美静谧的山林，瞬间增添了几分杀气，无数动物和鸟类都被吓得惊慌失措。

此时的九色鹿，正躺在一处开满鲜花的草地上休息，全然不知危险正在临近。一只乌鸦扑棱棱地飞过来，冲着九色鹿高喊道："九色鹿，快醒醒！国王带着军队来捉你了！"

九色鹿听到之后赶紧站了起来，可是为时已晚，国王的军队已经赶到，将它团团围在正中间。九色鹿仔细一看，发现了站在国王身边的落水人。它一下子全明白了，一定是这个人出卖了自己。

九色鹿非常气愤，它指了指落水人，对国王说："尊敬的陛下，在您抓我之前，请给我一点时间，让我来告诉您，您身边站着一个怎样背信弃义的人。"

国王见这只鹿神态自若，非比寻常，便命令手下的士兵不要轻举妄动，然后问九色鹿道："你想要告诉我什么呢？"

九色鹿说："就在不久之前，您身边的这个人落入水中，快被淹死的时候，是我救了他。他当时答应我，绝不告诉别人我的住处。而现在，他却为了一己私利，背弃了自己的誓言。请问陛下，您如果跟一个灵魂肮脏的小人一起来残害无辜，就不怕被天下人耻笑吗？"

国王听完九色鹿的话，觉得很有道理。他转身问身边的落水人："九色鹿刚才所说是否属实？"

落水人连忙跪下辩解道："陛下，没有，没这回事……"

然而，他的话还没说完，嘴巴突然扭曲着歪到了一边，他的整张脸也变了形。

国王心想，可能这正是上天对他的惩罚吧。他指着落水人，生气地说："别人有恩于你，你居然见利忘义，恩将仇报，实在可恶！来人，把他押入大牢，听候处置！"

两个卫兵走过来，把口歪眼斜的落水人带走了。

国王对九色鹿充满歉意地说："是我一时糊涂，险些犯下大错，请神鹿原谅。请问神鹿有什么需要我帮忙的吗？"

九色鹿说："我别无他求，只希望能够自由自在地生活在这片山林中。"

国王当即下令通告全国，从即日起，任何人不得打扰九色鹿的生活。从此以后，九色鹿所在的这片山林，又恢复了往日的宁静祥和。

再说那个背信弃义的落水人，被关进牢房之后不久，便口内发臭，全身溃烂，很快就死去了。而那个吵闹着要捉九色鹿的王妃呢，她也认识到了自己的错误，感到十分羞愧，从此以后再也不敢胡搅蛮缠了。

十二生肖的故事

传说在很久以前，人间并没有生肖，人们纪年很麻烦，玉帝便决定举办一场上肖大会，从天下的动物中选取十二个作为生肖。全天下的动物成千上万，要选哪十二个呢？玉帝想了想，说："就选最先到的十二个吧。"

这下热闹了，全天下的动物们都跃跃欲试，想赶在上肖大会这天早早过去，争取被选中。

那个时候，猫和老鼠是非常好的朋友，它们在一起生活，跟兄弟一样。猫知道自己喜欢睡懒觉，便对老鼠说："鼠弟，明天就是上肖大会了，你记得一定要喊醒我，我们一起去参加。"

老鼠拍了拍胸脯说："你就放心睡吧，一切交给我！"

猫听了很高兴，说了声谢谢，抹了抹胡子，放心地睡觉去了。

然而，第二天一大早，老鼠起来之后，并没有叫醒猫，而是自个儿去天庭参加上肖大会了。

与此同时，住在清水潭里的龙也准备去参加上肖大会。那时候，龙的头上并没有角，而是光秃秃的。龙站在水潭边，看着自己的倒影，浑身是亮晶晶的鳞甲，脸上长着一个大鼻子和两根长须，很是威武，但就是头上什么都没有，总觉得少点什么。

正在这个时候，住在附近的公鸡出来了，它也是去参加上肖大会的。那时候，公鸡的头上长着两只角，又大又好看。龙看到之后心想，这两只角如果长在自己的头上，该有多完美呀！于是，它对公鸡说："鸡公公，我准备去参加上肖大会，把你的角借给我戴一下好吗？"

公鸡说："哎呀！龙哥哥，我也要去参加上肖大会呢，实在对不起！"

龙不死心，继续说："鸡公公，你的头太小，这一对角又太大，实在不相称，还不如别戴角了，你现在的鸡冠就很好看呀！你看看我，头上光光的，正需要你那一对角呀！"

公鸡一听，有点犹豫了，不知道怎么办才好。这时候，一只蜈蚣从石头缝里钻了出来，它平时就很爱管闲事，听到龙和公鸡的对话，便插嘴道："鸡公公，龙大哥说得对，你就把角借给它吧，如果你不放心，我来做个保人，怎么样？"

公鸡想了想，自己没有这一对角，确实也挺漂亮的，现在又有蜈蚣做保人，就同意了龙的请求，把角借给了它。随后，两个人一前一后都去了天庭的上肖大会。

上肖大会召开得很成功，玉帝也顺利选出了十二生肖，最初排出来的顺序是：牛、鼠、虎、兔、龙、蛇、马、羊、猴、鸡、狗、猪。

入选的动物一个个都很高兴，除了其中一个——它便是老鼠。它对玉帝的排序提出了异议："为什么要把牛排在我前面呢？我明明是跟牛同时到的呀。"

玉帝说："你们的确是同时到的，但是牛比你大，它应该排在你前面。"

"不对，我可比牛大！"老鼠说，"我每次在人类面前出现，人们都会说'哎呀！这只老鼠真大'，却从来没听人说'这只牛真大'，这不正说明我比牛大吗？你们要是不相信，我们可以去试一试！"

说着，老鼠便带着玉帝和其他的动物来到了人间。

果然，正如老鼠说得那样，当那头大水牛从人们面前经过的时候，人们都对它熟视无睹，好像它根本不存在一样。随后，老鼠突然蹿出来，爬到牛的背上，人们一看到它，马上惊呼起来："天哪，好大的老鼠！"

玉帝听到到人们的惊呼，无奈地摇摇头说："好吧，既然这样，就让老鼠排第一位吧，至于牛，就委屈你排第二位吧。"

牛本来就忠厚老实，听到玉帝这么安排，也没提出什么意

见。于是，十二生肖的顺序就这么定了下来。

老鼠如愿以偿地排到了第一位，得意扬扬地回去了。这个时候，睡懒觉的猫才刚刚起床，它看见老鼠，诧异地问道："鼠弟，现在什么时候了？我们怎么还没去上肖大会呢？"

老鼠神气地说："你还没睡醒吧？上肖大会早就开完了，我不但入选了，还排在了第一！"

猫有点不敢相信地问："你说什么？你既然去了，为什么没有叫醒我？"

老鼠翻了个白眼，轻描淡写地说："哎呀，我给忘了！"

这下可把猫给气坏了，胡子都一根根翘了起来，它大怒道："好你个小东西，太不讲信用了！你要是不愿意叫我就别答应我呀！你耽误了我的大事，我非找你算账不可！"

从此以后，猫和老鼠就成了死对头，猫只要一见到老鼠，就恨不得扑过去把它捉住。

同样去参加上肖大会的公鸡，回来之后就赶紧到清水潭边，去找龙要自己的角。结果龙一见到公鸡，一头钻到水底，无论公鸡怎么呼唤都不出来。

公鸡知道一定是龙喜欢上自己的角，不愿意还了。无奈之下，它去找当初的保人蜈蚣。公鸡对蜈蚣说："蜈蚣兄弟，你可是答应了要做保人的，这事你不能不管！"

蜈蚣也傻眼了，无奈地说："我是做了保人，可我也没想到龙会耍赖呀！要是早知道这样，我肯定也不会当这个保人了。这事呀，我看要怪还是怪你自己，你当初太鲁莽了！"

公鸡一听这话，气得满脸通红，它伸长脖子，长啼一声，便要去啄蜈蚣。蜈蚣一看，赶紧溜之大吉。

从此以后，公鸡和蜈蚣也成了死对头。只要公鸡见到蜈蚣，肯定会拼命去啄它。而且每天的天明时分，公鸡一想到自己失去的角，就会伸长脖子大叫："还我角！还我角！"